SZABADKŐMŰVES SZEX

秘密生活

Máriás Béla

[匈牙利] 马利亚什·贝拉 / 著

余泽民 / 译

图书在版编目（CIP）数据

秘密生活 /（匈）马利亚什·贝拉著；余泽民译. -- 广州：花城出版社，2020.12
（蓝色东欧 / 高兴主编. 第6辑）
ISBN 978-7-5360-9170-2

Ⅰ. ①秘… Ⅱ. ①马… ②余… Ⅲ. ①长篇小说－匈牙利－现代 Ⅳ. ①I515.45

中国版本图书馆CIP数据核字(2020)第134799号

合同版权登记号：图字19－2016－231号
Szabadkőműves szex by Máriás Béla
Copyright © 2010 by dr Máriás
Published by Luna Könyvek

出 版 人：肖延兵
丛书策划：朱燕玲
出版统筹：李倩倩　夏显夫　欧阳佳子
责任编辑：夏显夫
技术编辑：薛伟民　凌春梅
封面供图：子夏
装帧设计：棱角视觉 ANGULAR VISION

书　　名	秘密生活 MIMI SHENGHUO
出版发行	花城出版社（广州市环市东路水荫路11号）
经　　销	全国新华书店
印　　刷	恒美印务（广州）有限公司（广州南沙经济技术开发区环市大道南路334号）
开　　本	880毫米×1230毫米　32开
印　　张	7.5　2插页
字　　数	110,000字
版　　次	2020年12月第1版　2020年12月第1次印刷
定　　价	49.00元

本书中文专有出版权归花城出版社独家所有，非经本社同意不得连载、摘编或复制。
如发现印装质量问题，请直接与印刷厂联系调换。
购书热线：020－37604658　37602954
欢迎登陆花城出版社网站：http://www.fcph.com.cn

秘密生活

目 录
CONTENTS

记忆，阅读，另一种目光（总序）/高兴 / 1
逃离与搏击——"马利亚什医生"的生活哲学
（中译本前言）/余泽民 / 1

第一章 / 1
第二章 / 2
第三章 / 8
第四章 / 11
第五章 / 20
第六章 / 24
第七章 / 36
第八章 / 43
第九章 / 51
第十章 / 55
第十一章 / 61
第十二章 / 67

第十三章 / 76
第十四章 / 86
第十五章 / 101
第十六章 / 107
第十七章 / 113
第十八章 / 117
第十九章 / 124
第二十章 / 129
第二十一章 / 137
第二十二章 / 143
第二十三章 / 147
第二十四章 / 155
第二十五章 / 161
第二十六章 / 168
第二十七章 / 174
第二十八章 / 184
第二十九章 / 189
第三十章 / 196
第三十一章 / 200
第三十二章 / 206
第三十三章 / 210

记忆，阅读，另一种目光

（总序）

高兴

昆德拉说过："人的一生注定扎根于前十年中。"我想稍稍修改一下他的说法："人的一生注定扎根于童年和少年中。"童年和少年确定内心的基调，影响一生的基本走向。

不得不承认，二十世纪五六十年代出生的人都有着不同程度的俄罗斯情结和东欧情结。这与我们的成长有关，与我们的童年、少年和青春岁月有关。而那段岁月中，电影，尤其是露天电影又有着怎样重要的影响。那时，少有的几部外国电影便是最最好看的电影，它们大多来自东欧国家，几乎吸引了所有人的目光，是我们童年的节日。在某种意义上，甚至可以说，它们还是我们的艺术启蒙和人生启蒙，构成童年最温馨、最美好和最结实的部分。

还有电影中的台词和暗号。你怎能忘记那些台词和暗号。它们已成为我们青春的经典。最最难忘的是《瓦尔特保卫萨拉热窝》。"'空气在颤抖,仿佛天空在燃烧。''是啊,暴风雨来了。'""看,这座城市,它就是瓦尔特。"简直就是诗歌。是我们接触到的最初的诗歌。那么悲壮有力的诗歌。真正有震撼力的诗歌。诗歌,就这样和英雄主义和浪漫主义,紧紧地连接在了一道。

还有那些柔情的诗歌。裴多菲,爱明内斯库,密茨凯维奇。要知道,在二十世纪七八十年代,读到他们的诗句,绝对会有触电般的感觉。而所有这一切,似乎就浓缩成了几粒种子,在内心深处生根,发芽,成长为东欧情结之树。

然而,时过境迁,我们需要重新打量"东欧"以及"东欧文学"这一概念。严格来说,"东欧"是个政治概念,也是个历史概念。过去,它主要指波兰、捷克斯洛伐克、匈牙利、罗马尼亚、保加利亚、南斯拉夫、阿尔巴尼亚七个国家。因此,在当时,"东欧文学"也就是指上述七个国家的文学。这七个国家,加上原先的东德,都曾经是以苏联为首的华沙条约组织的成员。

一九八九年底,东欧发生剧变。此后,苏联解体,华沙条约组织解散,捷克和斯洛伐克分离,南斯拉夫各共和国相继独立,所有这些都在不断改变着"东欧"这一概念。而实际情况是,波兰、捷克、匈牙利、罗马尼亚等国家甚至都不再愿意被称为东欧国家,它们更愿意被称为中欧或中南欧国家。同样,不少上述国家的作家也竭力抵制和否定这一概念。在他们看来,东欧是个高度政治化、笼统化的概念,对文学定位和评判,不太有利。这是一种微妙的姿态。在这种姿态中,民族自尊心也发挥着不可估量的作用。

但在中国,"东欧"和"东欧文学"这一概念早已深入人心,有广泛的群众和读者基础,有一定的号召力和亲和力。因此,继续使用"东欧"和"东欧文学"这一概念,我觉得无可厚非,有利于研究、译介和推广这些特定国家的文学作品。事实上,欧美一些大学、研究中心也还在继续使用这一概念。只不过，今日，当我们提到这一概念，涉及的就不仅仅是七个国家，而应该包含更多的国家：立陶宛、摩尔多瓦等独联体国家，还有波黑、克罗地亚、斯洛文尼亚、塞尔维亚、黑山等从南斯拉夫联盟独立出来的国家。我们之所以还能把它们作为一个整体来谈论，是因为它们有着太多的共同点：都是欧洲弱小国家，历史上都曾不断遭受侵略、瓜分、吞并和异族统治，都曾把民族复兴当作最高目标，都是到了十九世纪末二十世纪初才相继获得独立，或得到统一，第二次世界大战后都走过一段相同或相似的社会主义道路，一九八九年后又相继推翻了共产党政权，走上了资本主义发展道路。之后，又几乎都把加入北约、进入欧盟当作国家政策的重中之重。这二十年来，发展得都不太顺当，作家和文学都陷入不同程度的困境。用饱经风雨、饱经磨难来形容这些国家，十分恰当。

换一个角度，侵略，瓜分，异族统治，动荡，迁徙，一切同时也意味着方方面面的影响和交融。甚至可以说，影响和交融，是东欧文化和文学的两个关键词。看一看布拉格吧。生长在布拉格的捷克著名小说家伊凡·克里玛，在谈到自己的城市时，有一种掩饰不住的骄傲："这是一个神秘的和令人兴奋的城市，有着数十年甚至几个世纪生活在一起的三种文化优异的和富有刺激性的混合，从而创造了一种激发人们创造的空气，即捷克、德国和犹太文化。"①

克里玛又借用被他称作"说德语的布拉格人"乌兹迪尔的笔为我们描绘了一个形象的、感性的、有声有色的布拉格。这是一个具有超民族性的神秘的世界。在这里，你很容易成为一个世界主义者。这里有幽静的小巷、热闹的夜总会、露天舞台、剧院和形形色色的小餐馆、小店铺、小咖啡屋和小酒店。还有无数学生社团和文艺沙龙。自然也有五花八门的妓院和赌场。布拉格是敞开的，是包容的，是休闲的，是艺术的，是世俗的，有时还是颓废的。

---

① 见伊凡·克里玛《布拉格精神》第44页，崔卫平译，作家出版社1998年版。

布拉格也是一个有着无数伤口的城市。战争、暴力、流亡、占领、起义、颠覆、出卖和解放充满了这个城市的历史。饱经磨难和沧桑，却依然存在，且魅力不减，用克里玛的话说，那是因为它非常结实，有罕见的从灾难中重新恢复的能力，有不屈不挠同时又灵活善变的精神。如果要用一个词来形容布拉格的话，克里玛觉得就是：悖谬。悖谬是布拉格的精神。

或许悖谬恰恰是艺术的福音，是艺术的全部深刻所在。要不然从这里怎会走出如此众多的杰出人物：德沃夏克，雅那切克，斯美塔那，哈谢克，卡夫卡，布洛德，里尔克，塞弗尔特，等等。这一大串的名字就足以让我们对这座中欧古城表示敬意。

布拉格如此，萨拉热窝、华沙、布加勒斯特、克拉科夫、布达佩斯等众多东欧城市，均如此。走进这些城市，你都会看到一道道影响和交融的影子。

在影响和交融中，确立并发出自己的声音，十分重要。不少东欧作家为此做出了开拓性和创造性的贡献。我们不妨将哈谢克和贡布罗维奇当作两个案例，稍加分析。

说到捷克作家哈谢克，我们会想起他的代表作《好兵帅克》。以往，谈论这部作品，人们往往仅仅停留于政治性评价。这不够全面，也容易流于庸俗。《好兵帅克》几乎没有什么中心情节，有的只是一堆零碎的琐事，有的只是帅克闹出的一个又一个的乱子，有的只是幽默和讽刺。可以说，幽默和讽刺是哈谢克的基本语调。正是在幽默和讽刺中，战争变成了一个喜剧大舞台，帅克变成了一个喜剧大明星，一个典型的"反英雄"。看得出，哈谢克在写帅克的时候，并没有考虑什么文学的严肃性。很大程度上，他恰恰要打破文学的严肃性和神圣感。他就想让大家哈哈一笑。至于笑过之后的感悟，那就是读者自己的事情了。这种轻松的姿态反而让他彻底放开了。借用帅克这一人物，哈谢克把皇帝、奥匈帝国、密探、将军、走狗等等统统给骂了。他骂得很过瘾，很解气，很痛快。读者，尤其是捷克读者，读得也很过瘾，很解气，很痛快。幽默和讽刺于是又变成了一件有力的武器，特别适用于捷克这么一个弱小的民族。哈谢克最大的贡献也正在于此：为捷克民族和捷克文学找到了一种声音，确立了一种传统。

而波兰作家贡布罗维奇与哈谢克不同，恰恰是以反传统而引起世人瞩目的。他坚决主张让文学独立自主。在二十世纪三四十年代，贡布罗维奇的作品在波兰文坛显得格外怪异离谱，他的文字往往夸张扭曲，人物常常是漫画式的，他们随时都受到外界的侵扰和威胁，内心充满了不安和恐惧，像一群长不大的孩子。作家并不依靠完整的故事情节，而是主要通过人物荒诞怪僻的行为，表现社会的混乱、荒谬和丑恶，表现外部世界对人性的影响和摧残，表现人类的无奈和异化以及人际关系的异常和紧张。长篇小说《费尔迪杜凯》就充分体现出了他的艺术个性和创作特色。

捷克的赫拉巴尔、昆德拉、克里玛、霍朗，波兰的米沃什、赫贝特、希姆博尔斯卡，罗马尼亚的埃里亚德、索雷斯库、齐奥朗，匈牙利的凯尔泰斯、艾什特哈兹，塞尔维亚的帕维奇、波帕，阿尔巴尼亚的卡达莱……如此具有独特风格和魅力的当代东欧作家实在是不胜枚举。

某种程度上，东欧曾经高度政治化的现实，以及多灾多难的痛苦经历，恰好为文学和文学家提供了特别的土壤。没有捷克经历，昆德拉不可能成为现在的昆德拉，不可能写出《可笑的爱》《玩笑》《不朽》和《难以承受的存在之轻》这样独特的杰作。没有波兰经历，米沃什也不可能成为我们所熟悉的将道德感同诗意紧密融合的诗歌大师。但另一方面，需要注意的是，由于语言的局限以及话语权的控制，东欧文学也极易被涂上浓郁的意识形态色彩。应该承认，恰恰是意识形态色彩成全了不少作家的声名。昆德拉如此。卡达莱如此。马内阿如此。赫尔塔·米勒亦如此。我们在阅读和研究这些作家时，需要格外地警惕。过分地强调政治性，有可能会忽略他们的艺术性和丰富性。而过分地强调艺术性，又有可能会看不到他们的政治性和复杂性。如何客观地、准确地认识和评价他们，同样需要我们的敏感和平衡。

一个美国作家，一个英国作家，或一个法国作家，在写出一部作品时，就已自然而然地拥有了世界各地广大的读者，因而，不管自觉与否，他，或她，很容易获得一种语言和心理上的优越感和骄傲感。这种感觉东欧作家难以体会。有抱负的东欧作家往往会生出一种紧迫感和危机感。他们要用尽全力将弱势转化为优势。昆德拉就反复强调，身处小国，你"要么做一个可怜的、眼光狭窄的人"，要么成为一个广闻博识的"世界性的人"。别无选择，有时，恰恰是最好的选择。因此，东欧作家大多会自觉地"同其他诗人，其他世界，和其他传统相遇"（萨拉蒙语）。昆德拉、米沃什、齐奥朗、贡布罗维奇、赫贝特、卡达莱、萨拉蒙等等东欧作家都最终成为"世界性的人"。

关注东欧文学，我们会发现，不少作家，基本上，都在出走后，都在定居那些发达国家后，才获得一定的国际声誉。贡布罗维奇、昆德拉、齐奥朗、埃里亚德、扎加耶夫斯基、米沃什、马内阿、史沃克莱茨基等等都属于这样的情形。各种各样的原因，让他们选择了出走。生活和写作环境、意识形态原因、文学抱负、机缘等，都有。再说，东欧国家都是小国，读者有限，天地有限。

在走和留之间，这基本上是所有东欧作家都会面临的问题。因此，我们谈论东欧文学，实际上，也就是在谈论两部分东欧文学：海外东欧文学和本土东欧文学。它们缺一不可，已成为一种事实。

在我国，东欧文学译介一直处于某种"非正常状态"。正是由于这种"非正常状态"，在很长一段岁月里，东欧文学被染上了太多的艺术之外的色彩。直至今日，东欧文学还依然更多地让人想到那些红色经典。阿尔巴尼亚的反法西斯电影，捷克作家伏契克的《绞刑架下的报告》，保加利亚的革命文学，都是典型的例子。红色经典当然是东欧文学的组成部分，这毫无疑义。我个人阅读某些红色经典作品时，曾深受感动。但需要指出的是，红色经典并不是东欧文学的全部。若认为红色经典就能代表东欧文学，那实在是种误解和误导，是对东欧文学的狭隘理解和片面认识。因此，用艺术目光重新打量、重新梳理东欧文学已成为一种必须。为了更加客观、全面地翻译和介绍东欧文学，突出东欧文学的艺术性，有必要颠覆一下这一概念。蓝色是流经东欧不少国家的多瑙河的颜色，也是大海和天空的颜色，有广阔和博大的意味。"蓝色东欧"正是旨在让读者看到另一种色彩的东欧文学，看到更加广阔和博大的东欧文学。

二〇一三年十月三十一日定稿于北京

主编简介：高兴，诗人、翻译家，一九六三年出生于江苏省吴江市。中国作家协会会员。现为中国社会科学院外国文学研究所研究员，《世界文学》主编。曾以作家、翻译家、外交官和访问学者身份游历过欧美数十个国家。出版过《米兰·昆德拉传》《东欧文学大花园》《布拉格，那蓝雨中的石子路》等专著和随笔集；主编过《二十世纪外国短篇小说编年·美国卷》（上、下册）、《伊凡·克里玛作品系列》（5卷）、《水怎样开始演奏》《诗歌中的诗歌》《小说中的小说》（2卷）等大型图书。主要译著有《梵高》《黛西·米勒》《雅克和他的主人》《可笑的爱》《安娜·布兰迪亚娜诗选》《我的初恋》《索雷斯库诗选》《梦幻宫殿》《托马斯·温茨洛瓦诗选》等。

逃离与搏击

——"马利亚什医生"的生活哲学

（中译本前言）

余泽民

在当代匈牙利作家里，马利亚什·贝拉是个特别而鲜明的存在。十五年前，当他的小说处女作《垃圾日》出版时，正统的文学界并没有拿正眼看他，甚至批评他，因为他作品的基调太黑色，线条太粗硬，画风太残酷，人物超底层，风格太"达达"，气息也太巴尔干了，与庄重、严谨、隐喻、诗化的匈牙利文学传统格格不入，用作家自己的话解释或许更为生动，"我不是一个坐在咖啡馆、甜点店里写作的人，大概坐在咖啡馆里写作的人不会特别喜欢突然出现的一个流着鼻血、戴着拳击手套写作的人"。

《垃圾日》的出场，确实像个不要命的搏击手，三下两下就见了战果，成了那两年的畅销书，从书店到报摊，到处都能见到那个黑黢黢的封面：一栋用脚手架支撑的摇摇欲坠的百年老楼，黑洞洞的窗口里藏了人性的阴暗秘密。我记得很清楚，我第一次翻开那本书时，只看了几页，浑身的血就凝住了，汗毛乍起，脊背窜凉；但它并不是一部恐怖小说，只是揭露了底层人血淋淋的生活。从那之后，马利亚什差不多每隔一年都会出一本书（小说，传记，诗集），每本书都像戴拳击手套的拳头，慢慢打下了一片天地，完成了他的文学逆袭，甚至成了当地最重要的文学周报《生活与文学》的撰稿人。

我想，马利亚什小说之所以能从底层畅销，是因为社会上有太多与命运搏击得头破血流的拳击手，是他们最先从中找到了共鸣。编辑曾讲过这样一件事，有一位老太太打电话到出版社要艾米大婶的地址，说要帮她一把，给她送点土豆和黄油（艾米大婶是《垃圾日》中的一个人物）。这位读者入戏，就像当年差点将扮演黄世仁的陈强"枪毙"的小战士，至少从侧面反映了马利亚什作品的流传度和冲击力。至于他从草根杀进了咖啡馆，我想则是因为他的写作触到了文学的内核——写生活的问题，内心的痛感，只是他的痛感包装形式有反传统而已。

我第一次见马利亚什，是我主动约他的，因为在读了他的两本书后，对文字后的人产生了兴趣。当文学翻译就有这样的好处，至少在匈牙利，我想结识哪位作家，都不会太难。那次我约他在歌剧院斜对面的艺术家咖啡馆。由于我那时候不了解他，所以特意选了一个布达佩斯最古老、也最布尔乔亚的地方。他当然如时赴约，还穿了西装，但跟他聊上一会儿，关系就很快发生了变化，感觉像两个老酒友。我们俩有很多共同的话题和相似的经历，比如：都是六十年代生人；大学时代都是文艺青年，我弃医从艺，他以艺为医（他的艺名是"马利亚什医生"）；我俩都是在一九九一年来到匈牙利，只不过我是自我放逐，他是逃避战火，准确地讲，他是"南斯拉夫难民"。

马利亚什·贝拉一九六六年出生在诺威萨，那地方现在属塞尔维亚,他出生时属南斯拉夫,再往前追溯是匈牙利王国的地盘,一战后被割让,马利亚什一家是随领土一起被割让出去的匈牙利裔,所以他的基因里生来就被编入了苦难的密码。年轻时代,他在贝尔格莱德学美术,组乐队,但内战结束了他的正常生活。一九九一年克罗地亚战争爆发,二十五岁的他接到征兵通知,将被派往武科瓦尔前线,为了不想当炮灰,他只身逃难到匈牙利。他跟我同时,都沦落为一无所有的异乡人,都曾滑到生活的潭底,都通过漫长的挣扎和搏斗,借助艺术或文学重新浮出水面。他的《垃圾日》出版于二〇〇四年,我的《匈牙利舞曲》出版于二〇〇五年……我记得很清楚,第一次见面,我们交谈的内容就是逃与搏,他讲他的逃和他的搏,我讲我的,虽然路途不同,但感受相似,共鸣阵阵。后来我也发觉,在优雅百年的咖啡馆里谈我们的话题,不能尽兴。之后我们再见面,就约在他的画室里,在那里可以瘫坐在沙发上放大嗓门,可以喝得脸红脖子粗。聊天里得知,《垃圾日》封面拍的那个破楼就是他住的这个,而他的画室的前住户,就是艾米大婶的原型。

《垃圾日》中文版是他在"蓝色东欧"系列里的第一本书,马利亚什曾到北京、广州参加图书活动,接受了不少家媒体采访。有一位年轻记者在采访他时提了一个自觉尖锐的问题,说他小说里描写了那么多苦难、暴力,甚至变态,为什么喜欢这样极端的文学虚构?马利亚什听了差点火起来,他问记者多少岁?对东欧有多少了解?他说:"小说当然有虚构成分,但不等于说是假的,我的经历告诉我,现实要比任何虚构的残酷都更残酷。"他说,《垃圾日》里疯女人卡塔的原型是他的妻妹,而那个性侵女儿的父亲原型则是他的妻妹夫,他曾经的好友和乐队主唱。当年,好友没能像他一样逃离战火,生活陷入绝境,酗酒度日,最后在强暴了自己的女儿之后上吊自杀。他说:"你没有经历过的,不等于不存在,你从旅游书上看到的,不是生活真相。"动身去中国之前,他特意制作了一段五分钟视频,屏幕上的女人,就是他的妻妹。也许正因为特殊的经历,他的文字与同时代那些作为知识精英代表的匈牙利作家大相径庭,他写最边缘、最绝望、最残酷、最卑微的生存(比如《垃圾日》),写一个人在连死都不可能再死一边的状态中求生(比如《天堂超市》),写一个人在百般求死之后的死亡刹那看到的光(比如《秘密生活》)。

在高兴主编、朱燕玲策划的这套"蓝色东欧"丛书里,共收入马利亚什·贝拉的三部小说,按照出版顺序是:《垃圾日》、《天堂超市》和《秘密生活》,可以说是"人间·天堂·地狱三部曲",均是他的代表作。每一部的基调都黑色、怪诞、癫狂,但每一部的处理手法却各部相同,如果说《垃圾日》是更贴近现实的悲剧,《天堂超市》是充满荒诞想象的喜剧,那么《秘密生活》则是一处哥特风格、醒世喻世的悲喜剧。

《秘密生活》的主人公"我"在一次"美丽的葬礼"上,稀里糊涂地栽进一个阴冷的墓室,经过一番挣扎,他喜欢栖身在那里:白天,他到外面的世界与命运搏击,为了挣钱糊口,他与一个个悲催、卑劣、变态、自私或暴戾的人物打交道,经常还怀着同情之心,但是一次次希望又一次次绝望,不断在世态炎凉中陷入混乱的境地;夜里,他逃回到墓室,在逃离中找到一个充满幸福和承诺的另外世界,结识了一群秘密修行的死魂灵,精神上获得了抚慰和充电。就这样,他在这神圣与世俗的二元世界里过着他秘密的生活,并从中找到开启通向"自我"之门的钥匙。当然,这是我为这书做的总结,试图把故事说明白,实际上这本小说你即使读到了最后一页,仍是一个未完的心理游戏。

或许,由于书中掺入了形而上的元素,《秘密生活》要比作者的前两本书更难读一些,没有《垃圾日》那么不给人留一丝希望的悲,也没有《天堂超市》那种大闹天宫风格的喜,但让人读完会哲思一下,套用米兰·昆德拉的话说就是,让"上帝发笑"一会儿。生活无情,而且无法预知,主人公"我"一会儿被打入地狱,一会儿又被托向神圣的高空,在冰火两重的疯狂舞蹈里,在最后的一刻突然找到了自己。我仔细想想，主人公"我"的秘密生活，不就是马利亚什和我的现实生活的寓言版吗？我们一方面逃离，一方面搏击，逃离本身就是搏击，而拼搏的结果也是逃离，我们在逃离与搏击中寻找生活的意义，然后通过意义抵达自我。

性与死亡，是马利亚什小说里的重要元素。关于性，马利亚什认为，人的天性其实喜欢看到世界的美好，要想成为虚无主义者并不是一件容易的事。出于生存本能，每个人都会追逐目标，希望生活前行，并不愿意相信某些东西注定会不幸，不理解为什么不幸偏偏会发生在自己身上。当一个人在社会上的努力接连受挫，性往往成为他最后的可能抓住的希望稻草。日常生活中的性其实形形色色，只是人们闭口不谈而已。关于死亡，马利亚什则认为死亡是生活的一部分。如果没有不存在，存在也就丧失了意义。死亡的形式有许多种，并不是所有的死亡都是消极的，对那些在生活中总是走进死胡同的人来讲，有时死亡是一种解决方式。他说："每个人都在思考死亡。假如我们作为现实接受并谈论死亡的话，或许我们能更容易地面对它，或许我们还能够做一些什么，至少在活着的时候，别跟死人一样活着。"在《秘密生活》里也是如此，虽然整个故事发生在墓地，从头到尾谈论死亡，但马利亚什笔下的死亡里有一个透气的窗口，即愿望或希望，在他的死里有生。

他这样写道："……我不仅已经死了，而且现在终于重生。这时候从某个方向，从很远很远的某个地方，有一束微弱的光线开始透过小教堂的高窗漫进来，投在我们身上，随着时间的推移，亮度逐渐增强，光束也变得越来越多，越来越密，小教堂内越来越亮，这变得耀眼的光芒逐渐唤醒了内心的认知，现在终于有什么好事开始了！随着溶金般美丽的阳光不断涌入，我的灵魂慢慢被希望和快乐所充满，因为我觉得永恒之光的能量悄悄注入了我的灵魂、血脉和我的头颅，我的所有疑问都迎刃而解，自己找到了回答。这火，是永恒燃烧的真理，我感觉到我的父亲们就在那里，我感觉到我的母亲们也在这里，许多的折磨和痛苦之所以存在，就是为了引导我走向唯一、真正的光，为了让我能够找到这永恒的真理与力量。我恍然大悟，原来不幸与邪恶的存在也是有意义的，就是为了让我们去战胜它们，只有这样，我们才能找到通向光明的路。光变得越来越强，越来越烈……我们仰望天空，等待这巨大光河的漩流将我们卷走，卷到天上。阳光逐渐充满这座刚才还漆黑一片的美丽教堂，看哪，现在小教堂沐浴在灿烂辉煌的光芒里，而我们也是它的光束，并且上升，阳光将我高高地举起，放到他的肩膀上，带领我们这些曾一生彷徨、曾无数次努力尝试想要升华的人一起上路。人们日复一日地为了生存奔波，带着难以摆脱的罪孽百般谋生，但最终并没能让自己获得升华，因此，他们最终义无反顾地下了这样的决心：为了他们唯一的信念，为了他们美好的愿望，他们宁愿牺牲生命而变成阳光，在光芒中扑向上帝的怀抱，永远回归到他身上，融入他的身体、思想与生命，以其智慧、力量与美丽的名义建造灵魂的圣殿。"

马利亚什的所有作品都是这样，荒诞背后有现实，残酷背后有同情，冷酷背后有温暖，绝望背后有希望，黑暗背后藏了光。前面上百页漫长的压抑，是为了最后的深呼吸。匈牙利知名评论家巴恩·佐尔坦·安德拉什评价说："马利亚什医生写了一部雄心勃勃、细节设计精心、语言上颇具新意的新小说。"

《秘密生活》一书的匈语版原名，直译是《自由石匠的性爱》，这里需要解释两句。"自由石匠"指共济会，但实际小说内容与共济会无关，只是借用了共济会"秘密结社"和"建造内在教堂"的概念，"性爱"一词也是噱头，借欲望比喻愿望吧。作者故意耍了个标题党的把式，但这把式里还是有隐喻内容的。从某种角度讲，可以把这部小说看成另类的启蒙小说，告诉人在迫于生存的难看现实之上，还有更高质量存在的世界——灵魂。

这本小说采用了第一人称的自白体或日记体展开，有时简言短语，两三行一页，有时则会使用克拉斯诺霍尔卡伊式的、令人窒息的长句(想来马利亚什曾当过《撒旦探戈》作者的英语私教,曾经联系密切),总体读起来富于节奏,就像文字化的音乐,而且是超现实或达达主义风格的。马利亚什本人就是个音乐家,他领导的"学者乐队"至今活跃在欧洲的各大艺术节上,他是主唱、小号手兼萨克斯风。

二〇一一年,马利亚什获了一项很特别的奖——由"媒体潮"艺术节颁发的"平行奖",这个奖颁发给最具个性、鹤立独行的艺术家或文人,在十几年长长的获奖者名单里包括了著名电影导演塔尔·贝拉和身兼作家、翻译家的前总统根茨·阿尔帕特。"平行奖"这个奖的名字也很适合他,在生活中他就是写作、绘画、音乐平行进行,并且他有一个横跨三界使用的响亮笔名(艺名),叫"马利亚什医生",他说他想用文字和艺术为人们疗伤。

我在一篇书评里读到这么一句有趣的话,"首先那些对一切都报以开放态度的人读它会感到享受",言外之意,一些传统、保守的读者会拒绝读它或感到不适。我想,如果你想看到文学中的超现实世界,想用想象与幽默化解生活的某些难以承受之重,如果你喜欢看荷兰画家博斯神秘怪诞、刻画人类沉沦的绘画,那么你就可以读这本书,就可以走上马利亚什的舞台,让自己卷入小说里讲述的既荒谬绝伦、同时又现实得可怕的故事里。从某种角度讲,我们许多人都是/曾是/或将成为"流着鼻血、戴着拳击手套的"搏击手,想来生活都是由逃离与搏击构成的。

二〇一九年七月十二日
巴拉顿弗莱德,匈牙利翻译之家

第一章

起初这只是一块未经雕凿的石头,我被一股欲望焚烧着,想要用它建造什么,然而那时候我根本不知道等待我的将是什么,因为我一旦知道了结局,就会远远地绕开那块墓地。

第二章

事实上,我已经不记得这一切到底是怎么开始的了,也不记得在那之前发生了什么,总之那是一场非常美好,真的非常非常美好的葬礼,尽管我连那是谁的葬礼都不知道。不过这也并不重要,因为只要是葬礼就会很美好,而且从某种角度讲:每一场葬礼(无论谁的葬礼),都会或多或少地(至少都会有那么一点点)属于我们每位送葬者自身生命的一部分,甚至可以这么讲,日后当我们自己作为新的亡灵并成为葬礼主角时,那会是我们生命中最美好的葬礼。当然也不排除这样的可能,这一场葬礼就是我的,我隐隐约约地这样记得。不过,也可能这场葬礼仍不是我的,因为整个过程并没有完全按照我计划的样子发生。

在一个烈日炎炎的美丽夏日,突然雷声大作,暴雨滂沱,雨水从天堂泻下,就像化身为清凉水滴的下凡天使。感谢暴雨,因为是它让我们什么都看不见,什么也听不见,我们只是纹丝不动地站在那里等啊,等啊,等待让雨水淋透美好的身体，用这么多来自天堂的眼泪把它冲洗干净。只是不要把我憋死，因为总听疯子们说："造物主会把你搂进怀里，对，我说的没错，那样就可以憋死你，让你彻底停止呼吸，然后再把你高高举起，举向天堂……"但事实上，他并没把我高高地举起，根本没有，也许他觉得我不配上天堂，所以与之相反，他将我推入了无底的深渊，让我坠落，坠落，坠入世界上最深最暗的天坑。这时候，有许多衣着漂亮的送葬者在排队等候，或许是在等着将我下葬，下葬到什么地方。

不用说，我肯定迷路了！这条路是由那些生性善良的掘墓工们开辟的，他们每天都被迫从事这种最不受人待见的繁重劳动，每天都跟死神握手。他们将我下葬，但却放错了地方；不过也有这种可能，并不是他们把我放到那里的，而是出于偶然，我自己不小心跌进去的，跌到所有人的脚下，跌入一个地狱般可怖的黑暗深渊。这显然是我应得的下场，我命中注定的安息地，同时我又非常害怕，怕别人会知道我活着时都做过怎样的坏事，想来一个人生在人间，活在世上，很少能有什么好事可做。总之，我感觉像是从灵堂里溜走，从自己的葬礼上逃离，但也许是人们一时忘记了我，因为在这从天而降的倾盆大雨里，我根本就不配得到他们宝贵的关注。就在这时，我突然滑倒，身体像一条邪恶的毒蛇倏地钻进某个地方，某块陌生之地，最终误入到地狱里的某一个角落，闯进了别人的安息地。

我惬意地躺在那里，躺在陌生人的坟墓里（假如有谁看到我闯进了这样一间宽敞、神奇的美丽墓室，肯定会把我从里头拖出来，丢到别处，然后他自己躺进去），那里成了我新生命中最漂亮的摇篮，因为那里的一切都那么美好，给人以足够的安全感，而且宽敞舒适，是一个名副其实的温馨小巢，感觉就像小时候桌子底下的秘密藏身地，我们在那里蒙着棉被、拿着电筒偷偷地玩耍，就像现在这样。然而，这里的光线越来越暗，墓穴的墙壁被人慢慢地砌死，然后用黄土填埋，不过这样也好，至少墓室里面不再下雨，谢天谢地，上帝保佑，我终于有了一个自己的家。

这个地下的小集体已经有了几位居民，大家对我都很友善，没有一个人要赶我走，而是礼貌地对我点头示意，表示欢迎，接受了我这个无趣的白痴，允许我躺在这里，搬进来定居，甚至他们都没有警告我一句，比方说：禁止手淫，禁止哭泣，禁止喧哗。总之，我一跤滑倒，跌到他们中间，他们对我并不抱丝毫的反感，这让我感到受宠若惊，于是我对他们生出由衷的敬意，感觉一见如故，很快我就跟这些骷髅——更准确地说，跟这些骨骸、朽木、旧物、破布和棺材的残片——结下了很好的友谊。在判定他们对我没有敌意之后,我立即动手收拾,为自己拾掇出一个栖身的角落。我用找到的木板为自己拼搭起一张小床,将捡到的骨头堆成一堆,而后搜罗来一些破布穿到它身上,甚至还找到一顶帽子给它戴上,就这样,我把它从头到脚打扮停当,弄成了一个稻草人,而我则是被关在这座笼子里的一只鸟。不过,这个稻草人非但不会吓住我,而且还让我感觉到慰藉,感觉并不孤单,感觉重新找回了我自己。

我躺到新床上睡觉,用剩下的几块破布当被子,把自己裹得严严实实,等待有一天被人发现,说心里话,我很怕自己会被人发现,我只想安安静静地躲在这里,永远都别被任何人发现!饶了我吧,我想休息,只想休息,永远地休息,因为我实在受够了外界的噪音和活人们贪婪、浅薄、虚妄、卑贱的生活!人们活得像一只外表用美丽的珍珠装饰、里面却灌满了无聊的木桶,只是等着里面那无助的时间流淌出来,所以我很害怕,头疼得厉害。没错,由于刚才那阵恐怖的坠落,我跌到了这里,也许我是被人扔进来或推进来的,但是随着时间的流逝,我的疼痛逐渐消退,感觉慢慢好起来,因为我听到外面的雨声慢慢地,异常缓慢地停止了。

墓穴里变得十分黑暗,像是被巨兽咬了一口。仿佛有一条从地狱里窜出的恶狗冲着我龇牙咧嘴,但是我并不害怕，不会再因此而感到害怕，因为我清楚地知道，在这里不会有太大的麻烦，我置身于一个友善的群体。假如那些极力想要摆脱我的人终于摆脱掉了我，那么我会为此感到由衷的高兴，真的会感到很高兴，因为我别无他求，只渴望他们能永远地消失，永远不再纠缠我；让他们自动清零，就像清除一具尸首，让他们成为一个或许从来就不曾存在过的、而且永远都不可能再发生的问题……现在我终于可以冷静下来了，可以怀着发自内心的愉悦在地下晾干自己；现在，在这里，在这间既让人动情也让人恐惧的美丽墓室里，我安下了自己梦寐以求的新家。

我之所以这么讲，是因为我总是渴望死亡，因为我知道死神早晚都会降临，将一切清零。既然死神终会到来，并会将我的生命清零，那么为什么不让他来得尽量早一些呢？想来，在获得真正而巨大的自身解放之前，生活只能是一场无聊的游戏，为什么我不能在自己的头脑还清醒的时候有尊严地、怀着一颗快乐、宁和之心举办这场最后的狂欢呢？想来我从来都没有惧怕过死亡，甚至，我一直将死亡视为自己生命的终极意义。现在这个时刻终于到来，我终于可以隐居在坟墓里！我为自己终于拥有了一个舒适的新家而感到兴奋，甚至稍微有一点勃起，心里充满了幸福和欣慰，我都无法用言语表述这种感受：我终于有家了！我终于有了第一个、也是最后一个自己的家！在这里，我再也不会收到任何的账单，也不会再遇到任何恼人的麻烦，如果可能得到什么的话，也只会得到鲜花和小礼品……但是最好还是谁都不要来打搅我，连鲜花和小礼品都不要送来！只求他们忘掉我，彻底地忘掉，把我忘在地狱里，永远别再想起来，永远永远别再搭理我！在这里，我终于可以安静地独处，孤独地死去，或者跟死神躺在一张床上。

我沉浸在一种从未体验过的宁静之中，我有生以来从未这样踏实地睡过，睡得昏昏沉沉。在这里，在这个连鸟都不会到的地方；在这里，在这永恒的祥和、理解、寂静与安宁中；在这里，在这无欲无念之地的正中央，在这浩瀚梦海最美的岛屿上；在这里，我终于可以只身独处，再不会有人来折磨我，也不会有谁再用他们的蠢话、欲望、想法、计划以及没完没了、毫无意义的勾心斗角来烦扰我了！因为在这里，只有"存在"这一客观现实。

总之，我现在躺在这里，躺在新生命的零点，作为一个新人，一个新生儿，作为墓地里的一个新居民，一个清纯的小学生，我想要学习。是的，我想学习，向伟大的圣哲学习，向死神学习，永无止境地学习，让灵魂充满好奇的生机，如同一朵受雨露滋润、正含苞待放的最美艳的花朵。

第三章

我睡着了，但是刚刚睡着，刚进入梦境，就很快坠入了一场噩梦，眨眼间破坏了我刚获得的宁静，因为这场梦带给我的不是别的，而是一次令人窒息的恐怖经历。在噩梦之中，我漂在茫茫无垠的大海上，躺在一条沉船的残木上，随着波涛翻来滚去，与此同时，有一群鲨鱼试图把我从一大堆杂乱的破烂顶上撕拽下去。因为找不到可抓的东西，我抓住了自己的阳具，我只能抓住它，但是可怕地痉挛……这时候我突然醒了过来，发觉自己躺在一块破木板上，漂在积水中。现在木板变成了木筏，由于墓室里灌进了雨水，木板随着积水的升高而向上漂浮，越漂越高，我的身体几乎贴到了墓室的天花板上。这时候，积水和天花板间的空气越来越稀少，我快要窒息了，只能寄希望于外面的暴风雨赶快停下，赶快结束这一场折磨！但愿在这间黑暗的墓室里，我也能获得像那些漂浮在我周围的骷髅、骨骸一样的命运，让这场痛苦的搏斗尽快终止，否则我在这里也不得好死。

然而雨继续下,水继续涨。就在我命悬一线,眼看就要一命呜呼之际,早已淹没了石棺的棺盖、还在不断升高的水面突然停止了上升!之后,过了很长很长的一段时间,积水逐渐开始消退,我终于又有了能够稍微转身的狭小空间。这时候,由于饥肠辘辘,我感到有些神志恍惚。就在我感觉马上就要死掉的关口,我本能地开始在墙壁上摸索,居然找到了一块略显松动的条砖。我抓起一根漂在身边的骨头开始扒拉、抠弄、敲打,经过漫长的努力之后,终于撬动了一块砖,并且把它抽了出来!随后,我以极其缓慢的速度一块接一块地撬水面上的那一排墙砖,撬动一块,便抽出一块,将抽出来的砖放到一旁,然后继续吃力地撬另一块。虽然进度很慢,费尽气力,但我最终还是在墓室墙上掏出了一个较大的窟窿。之后我再接再厉,将胳膊伸进窟窿,继续在泥土里刨洞,慢慢刨出一条狭窄的通道。然后,再在黄土里从下往上刨,刨向地面,最后终于成功了!那一刻的感觉,就像一位在海底采珍珠的人终于将头伸出了海面,我用力深吸了一口气,小心翼翼地爬了出去,重又见到了令人愉悦的刺目阳光。

这一刻,当我重又真实地回到自己归属的地方,我不知道该哭还是该笑,要知道,我的本能总是把我拖向错误的方向。我又回归了活人的生活。尽管我早已厌倦了凡世间所有无意义的挣扎，但是此时此刻，在这种头晕目眩的状态下，我还是为自己能够重新看到这个阳光普照、金黄刺眼的世界，为自己的复活而感到欣慰，这真是太美妙了！我重又呼吸雨后清爽的空气，闻到地里浓郁的泥草气味，微笑着观察那些正在附近忙着清扫、修整或装点其他坟墓的凡夫俗子们。我穿着破烂的衣衫用力伸了一个懒腰，可以这么讲，我为自己最终还是没有跨过死亡的门槛而感到高兴。于是，我动身去找一些吃的，先要解决肚子里灼烧的饥饿感，找到什么都行，只要能暂时填饱肚子。只有肚子饱了，我才能重新自己做出抉择，只要不遭到别人的阻碍，总能找到终极的解决方案。

第四章

我不知道现在该怎么走路：应该出于羞愧而蹑手蹑脚地溜走？还是应该像胜利者一样沿着墓地的青砖甬道昂首挺胸地往前走？走路的同时，我还要用饿得直冒金星的眼睛四下寻摸，看在别的坟墓周围有没有什么能下肚的东西，比方说：什么人忘掉的三明治，或什么人为野猫、野狗、鸽子留下的食物。但是遗憾的是，即使找遍了整座墓地，我也没能找到一口能吃的食物，只有一望无际的泥泞，稀疏的野草、蒿子和我忍不住嚼了几口的青苔！我不得不正视这个事实：如果这样下去，我肯定会被饿死。

我有气无力地爬出墓园，爬到街上，把过路的行人吓了一跳：当看到一个从脚到脖子都是污泥的活死人在地上蠕动时，所有人都惊恐万状地转过脸去。人们感到恶心、厌恶和害怕，甚至威胁我说：假如我不赶紧离开那里，他们就立即打电话报警，叫警察来抓我！但是当他们看到我并没有被吓住后惊魂稍定，有人壮起胆子走过来帮我，扶我坐到墓园大门口一条摇摇晃晃的长椅上。我在那里找到一张报纸，打开翻阅，想在广告栏里找一个能赚钱的机会。看了一会儿，我的目光被一句招聘广告词吸引住：

> 为一部将要拍摄的影片招聘一位流浪汉外貌的男演员

我的眼前突然一亮，这则小广告简直是专门为我登的！毫无疑问，这是天使为我送来的福音，幸运之神终于向我微笑，那道久违了的该死光环终于又在我的头顶升起！报纸上印有电话和地址，他们在等我，我要立即动身。

好在我不需要走太远，地址就在墓地的对面。那是一幢园林环绕、古色古香、高大破旧的房子，看上去像别墅，估计过去那里曾是温泉、疗养院或疯人院，现在剧组在那里等着我，我扮演的角色将使他们的电影票房倍增。透过心灵之目，我已然看到将会发生的场景：在第一次试镜后，导演会满怀歉意地向我解释，现在他只能让我先扮演这个有点让我屈尊的小角色，但是毫无疑问，他会把下一部片子的男主角留给我演，同时还会选一位当红明星来跟我配戏。当然，那会是一位倾城倾国的美女，她激情奔放地向我施展她的魅力；我则戴着墨镜，一杯接一杯地喝鸡尾酒，我一边品味酒香，一边告诉导演应该如何解决剧本里出现的难题……我就这么想着走着，不知不觉来到了目的地。我按响了门铃，一位年轻女郎出来开门，我向她说明自己的目的，她被我的模样吓得够呛，嘴里含混不清地嘟囔了两句，然后想要关上门，但是我敏捷地用脚死死抵住，不让她关门。相持了一会儿，最终她不得不放我进去，并走在前面为我带路。

上楼后，女郎把我带进一间宽敞的大厅，在那里三五成群地站着不少年轻人，她把我带到一位头戴棒球帽的高个子男人跟前，那人一边舔着冰激凌，一边大喊大叫地指挥大家做这做那……终于他朝我扭过脸来，从头到脚地打量了我一遍说：

"天哪！你这个倒霉鬼到我这里想做什么？"

"我是看到广告来应聘的！"

"什么广告？"

"招聘演员，不是吗？"我自信地反问。

"哦……对。可是，你看上去是个活死人，而不是演员！"导演回答，语调里带着挖苦的口吻。

"您需要一位扮演无家可归者的男演员，不是吗？您看，我自己就是无家可归者，用不着演，在这个领域我比谁都专业!"

"可是,如果有谁看到你,会被你吓得大小便失禁的!你的确连妆都不用化,衣服也不用换,就可以扮演被德拉库拉吸干了血、干瘪得不能干瘪的尸体!老兄,我们拍摄的不是恐怖片!"

"童话电影我也能演!比方说,《蓝精灵》里某个被忘在了矿洞中的小矮人,或弗兰肯斯坦的长子,我还可以演一只青蛙,在被美丽公主亲吻后变成了一位英俊王子……"

"谁敢吻你啊?!"导演露出一副讥讽的神态,"我马上就要吐出来了!话说回来,我们拍的也不是童话片……"

"那您在拍什么?色情电影?"

"不管我们拍什么电影,都会是一部要求很高、投资昂贵的影片,需要有魅力和演技的人来演。可是,让观众看你,等于让他们遭受严酷的惩罚,等于让观众一天当八次运尸工!"

"看在上帝的份上,请您给我一份工作吧,随便什么工作,不然我会饿死的!"我硬着头皮央求说。

"你饿不饿死跟我有什么关系?我们又不是慈善机构。"导演不耐烦地打断我。

"可是,如果您想让您的电影看上去真实可信,就需要一位真正跟死神打过照面的人,一位真正懂得在生活绚丽多彩的面纱后藏着什么东西的人,只要您的剧本里有一个无家可归者的角色,那么你们就肯定会需要我!"

"你演过电影吗?"

"没有。但是我想告诉您,我是一个刚从墓室里爬出来的人,我在那里度过了好些时日,假如您不想很快也进到那里,那就赶紧给我一个角色,随便什么。我需要一份挣钱的工作,好让我能填饱肚子,不然我马上就要饿死了!"

"哦,让我想想……那好,你稍等一下,让我们一起商量商量。"

过了一会儿,导演重新回来,他吩咐工作人员把我领进一间更衣室,让我在那里坐下,随后将一只盘子放到桌上,推到我眼前,我吃光了盘子里所有的三明治。就在我嚼最后一口时,刚才那位年轻的女秘书已经过来接我,她叫我脱光衣服,我二话不说,立即脱掉身上裹尸布一般的破烂衣裤,赤身裸体地走进拍摄大厅。拍摄正在进行,我看见那位头戴棒球帽的男人正朝我招手。

"来吧,让我们来试一下镜。在这个场景里,需要你做的只是手脚并用地爬到房间正中,在你的背上放着一只果盘,你什么都不用说,什么都不用做,只需要用一副悲凉的表情看着镜头,仿佛你自己就是不折不扣的死神。"导演耐心地给我说戏。我认真地听着,努力记住所有的细节。

他们让我手脚并用地爬到房子中央,并在我的背上放了一盘水果,我像狗一样趴在那里等着,不知道将会发生什么?由于这个任务看起来非常简单,做起来毫不费力,所以我暗自感到高兴,期待结束这场拍摄之后,能够轻轻松松地挣一笔够我买食品和饮料的钱,说不定还能买一身衣服,并在墓室里安装一盏灯……然而好事多磨,事情根本不像我以为的那么简单:我在这种白痴状态下整整等了三个小时,演员们这才陆续来到。终于可以拍摄了!将要拍摄的这段剧情是:在我面前摆着一张巨大的双人床,一个三十来岁的女人和一个五十多岁的男人在床上偷情。过了一会儿,女人的丈夫突然回家,情人立即冲到阳台上躲避,然后顺着一只梯子爬下去;与此同时,妻子和丈夫继续进行原始的勾当。云雨过后,他们站到我旁边,从我背上的盘子里拿水果吃……

我的任务说起来简单,但是做起来一点都不容易,因为女人总在没完没了地化妆,情人始终躲在阳台上……这段戏反复拍摄了好几次,最后出现了这样的情况:情人忘记了自己应该逃到哪里,所以一会儿躲在房间的角落,一会儿躲在我的身后,最后拿起我背上的果盘，叫我从阳台上爬下去，因为他不敢；再说，他对这个烂剧本早已感到厌倦，他是一名演员，不是做爱机器。最终经过商量修改了剧本，他硬着下身站到我身后，差一点就跟我粘到了一起。

头戴棒球帽的导演也心血来潮，恨不得一分钟变二十个主意，一会儿让他们躺在这儿，一会儿躺到那儿，一会儿让情人从阳台那边进屋，一会儿又说他本来就在屋里了。而突然回家的丈夫是一个看上去跟猴子似的猥琐家伙，最后他丢掉了在这场戏里出镜的机会，因为导演对角色做了轻微的调整，决定让我扮演丈夫的角色，要演的戏是：丈夫一直躲在床底下，直到女主人和情人马上就要达到高潮时才突然现身，这可把偷情的男女吓坏了……但是情况急转，出现了狗血剧情：情人突然意识到自己更喜欢这家的男主人，觉得丈夫比妻子更美丽，女人顿时陷入了沮丧，痛苦地在吊灯上自缢身亡等等，故事越来越离奇。就这样我们拍了整整一天，只是拍啊，拍啊，拍了好几个版本，但是最后一个版本也没有完成，看来他们并不急于杀青。这时候夜幕已降临，导演对毫无意义的折腾感到满意，终于宣布停机，走到我跟前说：

"你干得不错。明天早上咱们继续……"

"好的。那请您现在付我一点钱……"

"什么钱?"

"今天的演出费您总得付吧?作为一名色情演员,我从早到晚在您这部愚蠢透顶的电影里扮演果盘支架!"

"但那只是一次试镜!只是为了考量你的表演能力!试镜是不给报酬的,这是业内的规矩!我们能够搭理你,你就应该满足了,你看有这么多人围着你转……"

"试镜?有您这么试镜的吗?您必须付我一点演出费,以补偿我这一天承受的折磨,不然您会后悔的!"我真的很恼火,丢下了一句威胁的话。

"别急,别急,请不要激动!咱们有事好商量!如果你能够被选入剧组,我们就会跟你签合同。你不仅会挣到钱,还会成为明星,挣到的会比你梦到的还多!"

"多少?"

"非常多!"

"但是远水解不了近渴,现在我只需要一点够我填饱肚子的钱,不让我饿死就行。"

"很抱歉。我们做事有自己的规矩,该挣多少就给多少。"

"那您能不能预付我一点?"我几乎在央求。

"现在不行。如果你以后能够接戏了,就可以正经八百地挣钱!"

"至少能让我正经八百地给自己举办一场葬礼吧?"

"你说什么？等你当了明星，只要愿意，你可以买下整块墓地！"

我看实在没有希望讨到钱，只好沮丧地跟他再见。但在离开之前，我环顾了一下屋内，看到一个大衣柜。我从柜子里偷走了一套小丑演出服，因为除了它之外，衣钩上只挂了一套警察制服，我对警服可不感兴趣；之后，我在地下室里发现了一个小餐厅，我吃光了能够找到的所有三明治，喝光了冰箱里的所有啤酒，然后扬长而去，在院子里采了一束鲜花，动身往家走，回到了我寄居的坟墓。我欣慰地发现，在这里我什么都不用讲，不用倾诉，因为这个地方就是能够医治我所有伤痛的真正的灵丹妙药。我在墓前站了好久，然后把采来的花束庄重地摆好，清理了上面的尘土和泥沙，而后像一只仓鼠似的满心欢喜地从先前挖好的"后门"溜进去，钻进舒适的小巢。

灌进墓室里的积水已经退下，纵然那里充满令人窒息的潮气和霉味，也无法阻碍我有生以来第一次这样怡然自得地睡在里面。

第五章

假若没有再次发生什么太可怕的事,我本来可以美美地睡上一觉。我躺在自己经营的舒适小窝里,我的床是用两块腐朽了的棺材侧板拼搭成的,那是一张婚床,只是缺少一位妻子,我的另一半。

这是真正的死亡,我躺在那里,仿佛躺在自己选择的棺材里,我的感觉是那样地舒适,如同睡在自己家里,就像一个婴儿躺在带栅栏的童床里。但事实上,即使童年时代的我躺在可爱的小床上,也不是总能感到那么舒适,原因是:每当房门被关上时,我肯定会害怕,因为在黑暗中也能清楚地看到,有许多人影正朝我走来,那是一些黑暗、巨大、蜘蛛似的生灵。傻瓜们总认为它们不存在。但遗憾的是,它们存在,而且有很多,正是它们朝我走来,走啊,走啊,离我越来越近,陆续进入我的身体,通过我的眼睛和我的皮肤进入我的胸膛和我的灵魂。从那之后,它们就在那里安营扎寨,从来不会让我感到无拘无束的幸福,不会让我像真正自由、自如地摆脱了它们和死神那样地开怀大笑，因为它们总是在我的耳边低声警告："小心，这一切很快就会结束！"

尽管我现在筋疲力竭，但仍为这一整天毫无意义的折磨而兴奋不已，如同一个白痴。在被迫又一次回到那毫无意义的世俗生活之中后，我像个天真无邪的孩子般躺在这凄凉的墓穴里，我从未想到，做梦都不曾想到墓地里会发生那么可怕的事，而且会发生在自己身上……想来在我的整个一生中，这个墓地是我唯一的、真正的避难所，最美丽的公园，最有人性的花圃，时间在那里停滞，所有毫无意义的奔忙、拼争也都停止了，终于只剩下宁静的夜，那些既不叫喊、也不抱怨、只展现自身最美好一面的人肯定也置身在这些安息于此的男女幽灵中间。然而正因如此，才让人感到可怕，在这个臭气熏天、谁都不可能找到我的洞穴里，最终还是有人找到了我。

我也弄不清是怎么回事，反正我觉察到身边发生了什么，有什么人站在那儿。我刚一睡着，很快幽深的梦境里就燃起一道让人恐惧的冉冉上升的烛光，照亮了我的周遭。即便借着比烛光还要微弱的月光，我也可以看到他，看到了一位老先生，尽管我对他一无所知，但是能感觉到他是一位真正的绅士，一个神秘之人。在这个世界上，没有人知道他的来历，这位身材高大、头发灰白、完美无缺的老先生从头到脚都穿一袭黑衣。他什么也没做，真的什么也没做，只是静静地站在我跟前，冲着我微笑。我感觉到他不是在嘲弄我，因为直觉告诉我，他是我灵魂的镜子，他清晰地看见并深深地知道所有的一切，虽然他并没有大声叫嚷，但还是以某种方式默默地呐喊。他不是别人，此刻他是一个让我在他面前无处躲藏的鬼魂，我找不到任何抗拒他的理由，他之所以让我感到害怕，是因为我知道自己欺骗不了他。白发苍苍的他站在那儿，只是微笑，一言不发，他的身影格外魁伟。我想说句什么，说些友好的话，说什么都行，内容并不重要，我只是无法忍受这种沉默，想要打破它，但是从我嘴里吐不出一个词，因为我的大脑里一片空白，什么都想不起来。

现在我真不是在说笑话，对方也不是在开玩笑，因为最终发现，我是死神的儿子，但是要知道，我并不是他唯一的儿子，而且他还有使者、大使、代理人、代表和一些鬼知道跟他是什么关系的人物，他们显然是在负责照料死者，看管着地下运转的世界。可怕的是，他们身上很有人性，很有人味，既优雅又有魅力，就像现在出现在我眼前的这个人，就像一位真正的大领主出现在一个完全错误的地方，他只是微笑，仿佛站在正举行庆典活动的大礼堂中央。我被这位老者吸引住了，准确地说，我感到由衷的快乐，我是那么高兴，本以为自己不会受他关注，尽管我内心还存有这样的希望。

老人友好地向我招手，像是在跟我打招呼，或是遗憾地与我道别？但幸运的是，感谢上帝或感谢那些消失了的什么，我一动不动地站在那儿，心里揣测，现在到底会发生什么？最重要的是，等一会儿会怎样？当然，我等啊，等啊，怎么等待都是徒劳，什么也没发生。我只是等到了黎明，黎明终于在漫长的等待之后来临，我为此感到高兴，感到从未有过的高兴！我躺在那里，只是茫然无措地躺在那儿，出神地沉思，这些新的未知的道路到底将会伸向何方？我将被激流的旋涡卷到哪里？哪里才是我寻找的最终安息地？无论未来等待我的是好是坏，是忧伤还是快乐，无论这些地下的密道终将把我引向哪里，我都不再挣扎，顺其自然，随遇而安。

第六章

我像是晕厥了一般地睡了一小会儿,而后突然惊醒,想起他们还在等着我继续拍片子……只要他们剧组拍戏,就肯定需要演员,而且特别需要一个像我这样能够为了赚钱,为了机遇,为了哪怕一丁点可以充饥的东西而能够付出自己一切的人。话说回来,不管哪一类演员都很容易找到,他们可以随手一抓一大把,想来有太多人的灵魂都可以被出卖的,许多人都会因为被人问津而感到荣幸和高兴,毫无疑问,这世界上的灵魂生产过剩,供大于求,但是像我这样能够出卖一切、忍受一切的人只有一个……想到这里,我马上信心满满地从自己蜗居的洞穴里钻出来,直奔那栋别墅。很快,我又按响了大门口的门铃,但是等了好半天都没有人来开门。于是我轻轻地推门进去,走上楼梯,我惊诧地看到,楼上的摄影棚里早已忙活得热火朝天:布景人员正在推动新画好的舞台布景,大厅的中央摆着一张手术台,看来他们准备拍摄医院之类的场景。我没有看到一个熟人,于是找到一张凳子坐下来等待。

没过多久，那位头戴棒球帽的男人便在一群年轻女郎的簇拥下走进大厅。看得出来，女郎们明争暗斗着相互争宠，都试图赢得导演更多的垂青并跟他上床，当然，前提是导演需要睡觉，因为这家伙看上去精力无限，从来不用睡觉，顶多在跑车里打一个盹，或在两个电话的间歇养一会儿神。他非常喜欢打电话，因为电话能够让他迅速地兴奋起来，因为只有电话才能激发他的性欲，能让他做巨大的美梦，首先会梦到他自己和他所做的事情的意义和重要性。可是现在，他正处于创作的低谷，既不知道今天的工作该从哪个环节开始，也不清楚下一场戏的内容讲的是什么。不过他的助手好像已经想出了什么主意，准备拍一场手术戏。当导演的视线落到我头上时，他先习惯性地咳嗽了一下，而后走到我跟前，呵呵大笑了好一阵后，才平静下来跟我说话：

"你今天来这儿不是开玩笑吧？"他眯着眼睛问。

"开玩笑？我是来这里工作的，我想挣钱！您昨天说了，叫我今天来接着拍戏！"

"你看到那面镜子了吗？"他不怀好意地问。

"看到了。"我冷静地回答，"我并不喜欢那个镜子里的人，他跟我不是朋友……我有能力过得比他好。"

"那好，告诉我，你打算怎么样？我们一起能做些什么?"

"我们只是出于无聊而彼此折磨。"我实在没有情绪开这类玩笑。

"真的吗?你居然还想折磨我们?"导演嘿嘿冷笑了一声。

"当然,只要有机会。"我针锋相对,毫不示弱。

"嗯,很好!现在我们准备拍一部广告片,而你希望能够挣一点钱,但是我们怎么才能把你拍进来呢?你这张脸看上去,我实话实说,就像一具已经呕吐了六百年、干得不能再干了的木乃伊。瞧瞧这身又脏又臭的小丑戏服,难道你想把观众吓死吗?"

"我可以演一部恐怖片。"我顺势说道。

"嗯,你说的也是,你在这个领域确实已经登峰造极,你是当代的恐怖明星卢戈西·贝拉[①]……"

"既然您也这么认为,那咱们就赶紧开拍吧!"

"但是我们不能拍恐怖片,除非有一天我们要为止疼药拍广告。"

"那就把两个连到一起拍!"

[①] 卢戈西·贝拉(1882—1956),著名恐怖片演员,生于奥匈帝国时代的罗马尼亚,后来到美国的好莱坞发展,多次扮演吸血鬼和科学怪人形象,曾获奥斯卡最佳男配角,是哥特电影史上的杰出人物。

"怎么连？"

"毫无疑问，舞台美工之所以创作了这幅愚蠢的医院布景，就是为了在戏里塑造一位爱笑的病人，他一躺到这里，手术室里的气氛立刻变得一塌糊涂……"

"比如说……"

"您听我讲！我躺在手术台上，外科医生给我做手术，用刀割，用锯子锯，最后我吃了止疼药，脸上浮现出甜美的微笑。这样行吗？"

"这个，哦，我也不知道。你看上去确实太吓人了，如果我们不好好地利用一下，确实非常可惜。观众们一旦看到你，肯定会笑得前仰后合。嗯，那好吧，让我们来试拍一段。你脱下衣服，躺到手术台上，然后我们再编一些情节。"

我脱光了衣服，躺到手术台上，与此同时，越来越多的剧组人员将我团团围住，群众演员和助手们也都哈哈大笑，笑我是一个大傻瓜，傻得不能再傻！随后他们立起了背景板，正式开机。镜头里进入了几位护士和医生打扮的人，医生一本正经地开口问我：

"哪里疼？"

"浑身上下！哪儿都疼！哪儿都不疼！您这问题问得太愚蠢了……"

"好的。我们马上准备手术。护士！请固定好他的四肢!"

女郎们开始绑我的腿和胳膊。

"你们不想固定我的下身吗?"我调戏女护士。

"别着急,等一会儿就会……"女护士应道。

"真的吗?"

"是啊,因为那个部位也要动手术。"

"哈哈哈,这真有趣!"我被对方逗乐了。

"我并不认为这很有趣,尽管悲剧的主角是您,不是我。"护士的口吻并不像是开玩笑。

"怎么?你们真想要阉了我吗?刚才我们可不是这么说的!导演只说,让我吃两粒止疼片,仅此而已!"

"是的,您理解的不错。但是吃药之前先要让您感到疼痛,之后才有理由给您吃止疼片。"医生在一旁冷冷地应道。

"是吗?你们想要给我化妆,画些口子出来?"

"用不着化妆,我们会一道一道地割,因为那样可以降低成本,镜头也会更逼真。我们既不用把钱花在化妆上,拍出来的戏以后还可以当做讲述精神病人的纪录片销售……"

"千万别!饶了我吧,我已经是个死人了!"

"您只是看上去像一个死人,其实并不是。不过,请您相信,我马上就可以帮您变得真像一个死人。首先，在开始手术前……"医生边说边给我注射了一针，我先是感到有些头晕，而后很想撒尿，最后下身硬了起来，我心说不好，这情形看上去并不好笑，我有一种不详的预感，感觉我的结局会很惨。

"实话实说，我只是一个命运悲惨、住在墓室里的流浪汉，由于没有吃的东西，所以才来这里想赚一点钱，为了能填饱肚子。您不能真的动刀子……"

"我对您讲的故事不感兴趣。他们只是告诉我，要我来给您做手术，所以我会给您做的。您自己很清楚，您也是为了同样的目的才躺在这里，不是吗？"

"嘿，等一下！我不是职业演员，只是一个业余的电影爱好者，我演不好这么需要演技的角色……你们还是放了我吧，你们肯定能够找到一位更适合这个角色的好演员！"

"我认为您就是最佳人选。全世界都找不到一个比您更白痴的人……"

"我对这片子不感兴趣！我不想接这个角色！！！"我惊恐万状地喊起来。

医生不再理睬我，从工具车上拿出一把大锯，然后俯下身来，冲我俏皮地眨了下眼睛，随后冷笑着抓住我的胳膊，把锯刃放到我的胳膊上。顿时，我的皮肤感觉到了锯齿的寒冷和锋利，与此同时，摄像机摇上摇下，拍下这些镜头。

上帝啊！现在我该怎么办？我能拿这个嗜血如命的狂人怎么办？我心里很慌，躺在那里却动弹不得，不知所措。但愿他这么做只是为了折磨我，我心里暗想，他很清楚，即使他真的杀了我，也不会有谁来找他麻烦的。

"给我请一位牧师来！我想在死前做最后一次忏悔！我有这项权利！"我硬着下身、嗓音颤抖地绝望嚎叫。医生只是冲着我微笑，然后朝被单下面瞅了一眼，看得出来，他对手术的准备工作感到满意，那里将是他的下一个目标。果真，最可怕的事发生了！我听到他跟女护士说：

"请把那个准备切除的器官固定好，对，就这样，这样便于操作。你还有更好的主意吗？"

"嗯，我也不知道……"护士认真地想了想说，"也许，教授先生，应该把它固定到吊灯上……"

"好主意！"医生当即表示赞同，并做了一个"立即行动"的手势。他们朝枝形吊灯上抛了一根绳子，绳子的一端眨眼间就垂到我的跟前，他们用它绑住我命根子，而后开始向上拽。

"等一等，请听我说！这是一场可怕的误会！求求你们，放了我吧，让我离开！我向天发誓，我再也不会来这里给你们添乱了！"

"已经晚了，老弟！是您自己不惜一切代价地想演这个角色，现在您如愿以偿，应该为此感到高兴才对。现在是您一生中最辉煌的最后几分钟，你终于当上了主角！"他边说边开心地摆弄起锯子，试图找一个舒服的姿势，好尽可能顺利地截掉我的命根子。与此同时，摄影机的镜头也越拉越近，随着恐惧的增长，我浑身冒出越来越多的冷汗。

我试图挣脱手脚，但无济于事，它们被绑得死死的，动弹不得，无法躲开那把在我眼前反光刺目的钢锯。

"我知道，您之所以想要锯掉它，是出于您的嫉妒！"我绝望地大喊。但是医生并不理睬我，我继续喊道，"这只是因为……您对生活一无所知！您以为自己知道一切，实际上什么都不知道！但是我知道，我了解生活，我知道秘密！"

听到这话，医生果真迟疑了片刻，扭过头来冲我挖苦地一笑：

"什么秘密？"

"死亡的秘密！我知道当您的生命结束后，什么东西在等着您！而您对此一无所知！"

"您在胡说什么？什么东西在等着我？人死了之后，

一切不复存在！"医生本能地反驳我，但是我能从他的语气里听出，他对自己的观点也半信半疑。

"您也太无知了！人死了之后，才会开始真正的生活！请您相信我说的话！我发现了一条密道，您可以通过它看到彼岸世界，这个秘密除了我，谁都不知道！请您听我讲，我可以告诉您实情！我住的那个墓室，美丽辉煌得令人不可思议，那里发生了令人难以置信的事情和离奇的场景，而您对此一无所知！"

"哈哈，您可真会编故事啊！在阴森可怖的坟墓里，恐怕您只能见到鬼。"

"不，我见到了一个人，一个灵魂！一位超越了尘世生活的优雅绅士，他了解死亡最纯粹最美好的意义，那才是生命的意义！"

"您还是把这个童话留着讲给那些傻孩子听吧，别跟我讲！我马上开始锯了。"他说着又把钢锯架到我的胳膊上。

"我说的不是别人，正是您的父亲！"我急中生智地冲他喊道。

我终于成功地让对方陷入了疑惑，他抬眼看我，而后不解地小声问：

"您在说什么，我父亲？他怎么了？"

"我看见了他！我没有骗您，他是一位身材魁伟、头发花白、气质优雅的老先生,身穿一身黑衣,面带微笑地在墓地里散步……"

"嗯,我父亲的身材确实很高,头发灰白,并且气质优雅,喜欢穿黑衣服,这个您说得也对。不过……他已经去世很久了。不可能在任何地方散步……"

"他的眼睛是蓝色的,额头上有一大块胎记……"

"您在哪里看到的?"

"在墓室里。"

"什么时候?"

"昨天夜里。"

"您简直是疯了!"

"没有!我真的没疯,也没有骗您!我敢向上帝发誓!他突然出现,尽管他的面容很慈善,但还是差一点把我吓死!请您不要杀我,我会带您去看,我可以让您再见到他!"

医生变得不知所措,半信半疑,因为我描述的那个人确实可能是他的父亲,或者说,确实可能是他父亲的灵魂。我都不知道自己怎么会突然冒出这么一个蠢主意,但是从效果上看,还真起了作用。

"那好,我不锯您了,但是有一个条件,今天晚上带我去您那儿,您必须让我见到他,不然的话,我会把您凌迟碎剐,听懂了没有?"

"放心吧,我会让您见到他,父子重逢!您要知道,我见到他后非常高兴,感觉到自己不再孤单,因为对我来说,能在黑暗中见到您父亲,是我生命中最幸运的时刻!以后我可以经常见到他。"

医生一脸狐疑地看了我一会儿,然后朝其他人打了一个手势。

"来,把红颜料倒在这里,让整个画面看起来更逼真,更刺激,好像真的血染了手术台,整间手术室都是血腥味。"他大声吩咐。

很快,有人拎来一桶红颜料,把它倒在我的身上和我的周围,片刻之间,我仿佛真的躺在了血泊里。这时候,我仍被绑在手术台上,但是我已经不再害怕,因为在我的头顶已出现一线希望之光:我可以躲过这一劫了。我躺在四下横流的"血水"里,像一头刚被宰割的血淋淋的公牛,他们又往我身上浇了无数桶的"鲜血",这时候,女护士端着一杯水走过来,另一只手里拿着一粒药片,温情脉脉地托起我的后脑勺,帮我抬起头来,让我把药片吞下,然后擦了一下我的脸,关切地问我:

"先生,现在不疼了吧?"

"不疼了,不疼了,真的一点都不疼了!我现在感觉非常好,好像我身上从来就没疼过似的,尤其是你们刚刚锯下了那个小玩意儿……耶稣啊玛利亚！谢谢，我感觉很好，甚至可以说，非常好！这药确实很管用，我的疼痛立刻消失了……"我呻吟道，脸上浮现出一丝勉强的微笑。

我听到身后传来一阵清脆的掌声和笑声，随后晕了过去。

第七章

我醒过来时，浑身无力地躺在手术台上，手脚已经松绑。过了一会儿，我慢慢地坐起来，环顾四周，但是摄影棚里空无一人，于是，我颤颤巍巍地爬下手术台。由于没找到昨天搞到的那身小丑戏服，所以我把扔在椅子上的一件医生的白大褂套在身上，然后动身回家。

我确实已把那间陌生人的墓室视为自己的家，说心里话，那里真的要比其他任何地方都让我感觉更像家。可以这么讲，我在找到它之前的所有日子都过得毫无意义，都是浪费时间……我这样一边想着，一边沿着漂亮而破旧的楼梯往下走，心里暗想，生活是多么的残酷无情，令人身不由己啊！它把所有人都逼到一个没有退路的角落，迫使他们别无选择，只能出卖自己的灵魂。然而，他们一旦认识到这一点，一旦接受了这个事实，反而会慢慢地镇定下来，变得踏实，获得某种不可思议的安全感，认识到生活只会如此，肯定如此，不可能出现其他情况。人们甚至会这么想：上帝之所以创造出人类，就是出于这个目的，让你陷入困境，感到山穷水尽，惊恐万状，觉得你被所有人抛弃，于是手忙脚乱地想要抓住任何一种可能，然后出卖自己的最后一件家当——你的灵魂，只求有人能买走它，不管被买去做什么用，怎么都行，破罐子破摔，总会比把它留在自己手里好。因为你感觉到时光流逝，担心自己的灵魂会像一件过时的首饰一样挂在自己的脖子上，所以，最好还是把它当作商品卖掉，为了苟活，出于骄傲，或仅仅只是出于无聊。同时你惊愕地发现，你的灵魂并不像浮士德的那么幸运，可以肯定的是，没有人需要它，甚至连好心的老魔鬼都不需要它，世界上谁都不想要你这件最后的家当，尽管你自己很看重它，觉得它比世上任何的财宝都更珍稀，更贵重。燃烧，是灵魂的唯一用途，它能放射出最璀璨的光芒；灵魂，如同世上所有美丽事物那般的美好，因为灵魂中有永恒的、无法复制的阳光！假如一个人陷入最绝望的境地，但不肯用青春、快乐、爱情跟魔鬼交换，不肯用天底下的任何东西跟他做交易，甚至都不肯与魔鬼搭话，不肯嘲笑灵魂的悲哀，那么等待他的不会有别的，只有死亡。

这时候，我已经回到我栖身的坟墓，从后面的墙洞爬进去，感觉像照出死亡的镜影。我钻进去后，突然想起刚才对那位扮演医生的演员所做的承诺，既然他让我活了下来,那么我就该让他见到那位银发的长者。如果他能把这件事情忘到脑后,那就太谢天谢地了!同时我还希望,那位银发的长者也能够忘掉我,让我能踏踏实实地睡上一觉,让我能好好地休息一下。想来,我之所以躲在这里,躲进墓穴,就是不希望再被人打搅,想被人彻底地遗忘。然而事实是,我躲到了这里,却过着更加混乱的生活,仿佛在隐居的同时还当了一家妓院的把门壮汉或看家狗。

不管怎么说,我终于回到自己的小窝,终于能蜷身躺在自己的床上,就像躺在解剖台上。四周终于安静了下来,不再有人打搅,因为这里只有死神才可能来给我做手术,而不是那些拍电影的混蛋,耶稣啊玛利亚!那些白痴是多么的愚蠢,他们以仁爱的名义,将自己没有灵魂的世界强加到那些试尝独立自主地生存下去的人们身上……不过话说回来,我自己想要干什么?想来是我自己主动去找他们的,没有人强迫我,是我自投罗网,所以他们骗我也并不稀奇;因为是我自己去到他们的街道,去到他们的摄影棚,是我自己把骗局当成了机会……但是,我若不去那里,又能去哪儿呢?想来是我看到了那则招聘广告,觉得自己可能符合招聘条件,可能抓住这个机会出卖自己。实际上我只是一脚跨进了命运的陷阱,跳进了生活的骗局!其实我的愿望再简单不过，只想幸存下来，活下去，直到能够有尊严地死亡。就因为这个，我踩到一泡狗屎，就因为我不仅想在那里得到吃的喝的，甚至还梦想成功，梦想得到爱，结果发现全是空想，白日做梦！

生活是什么？不就是希望吗？人们怀着希望掉进陷阱，再怀着希望从陷阱里爬出来，走向新的陷阱，如此轮回，毫无新意。看啊，只有在这里，在坟墓里才有真正的清静和真正的自主，至少那帮家伙不会出现在这儿，我只有一个人在这里才能彻底摆脱苦痛，赋予生活以纯粹的意义。

外面的天色已暗了下来，我自言自语地告诫自己：别再胡思乱想，无论怎么想也不能再往前跨进一步，只能后退，退到坐标的零位！不管我再怎么喘不上气来，死神也并不想让我彻底咽气，他只是将他的意志一圈接一圈地缠绑在我的脖子上，让我在日常生活中天天受煎熬，最终要我用绝望中的顿悟将自己掐死。但是，我即便知道了死神的意图，那又能怎么样？我是个生物，是个有五脏六腑的有机体，上帝这样设计了我，我不能操纵自己的肠胃、下体和头脑……不过，也恰恰由于我的头脑，把我带回到这里，现在我终于能躺在这个黑暗而舒适的小窝里，在这里，总是一派喜庆氛围，在我小小的家中，在我小小的永恒殿堂里，我躺在这里，终于瘫成一团睡着了。

　　我先是打了一会儿鼾，而后感觉到在半梦半醒之中，伴随着一声轻轻的叹息和呻吟，终于看到了一个人鱼身形的美妙光影和动人轮廓。她飘然来到我的跟前，向我献出所有的一切，我开始呻吟，吮吸，舌头咋得嗒嗒作响，并且发出幽幽的叹息……就在这时，突然有一股奇怪的、让人清醒的冰凉触到我的太阳穴，我猛地坐起，天哪，真见鬼！那位银发的神秘老者身穿一袭黑衣站在我跟前，左手拿着一根巨大的蜡烛，右手攥着一张很大的纸。他只是微笑，冷血地微笑，他看着我，直勾勾地盯住我的眼睛。我被他吓坏了，这次我感到有点生气，刚才那么漂亮的小美人鱼……我本来可以好好地享受一下，结果被他搅乱了，又不得不跟这个老灵魂面面相觑。这时候，他稍稍向我俯下身子，那副五官精致、线条柔和的面庞变得清晰，他冲我慈祥地微笑，显得那般优雅和善解人意，顿时驱散了我心头的懊恼。他把那张大纸递到我手里，看着我；我瞥了一眼，看到页眉上写了一个醒目的词：

　　遗嘱

　　我没有看错，上面写的是"遗嘱"，而且不多不少，只写了这么一个词！我困惑地抬眼看着他，不明白他想要我做什么，为什么要我写遗嘱？要知道，在这个世界上我无亲无故，什么亲人都没有！然而，尽管他没有说一句话，但还是能让我感觉到，他在等我在纸上签字，好像我跟他事先已经商量好了似的。噢，我突然明白了！他是要我签字，他指的不是别的，正是我的灵魂，他要我对自己的灵魂做一份遗嘱！于是，我用我的思想、梦想与噩梦写满了（画满了）那一整张白纸。许多颜色在纸上流淌，融合，氤氲，蔓延，组成了一幅令人惊愕、惊悚、凄凉、亲切、不知羞耻、狂野奔放的图画。最后，色彩里浮现出一张脸，那是一张不同于所有人的唯一的脸。我认出那是我自己的脸，我注视着它，它在我眼前变得越来越大，越来越清晰，清晰得能看出每一个毛孔……后来，那张纸呼地燃烧起来，与此同时，长者一直站在那张纸的后面冲着我微笑。那张纸烧啊，烧啊，最后烧成了灰烬，纸灰飘落到我的怀里，消失无影，我许多的欲望、梦想与噩梦，组成我灵魂的所有一切都烟消云散。

我抬起了手臂，因为我想向他询问什么，对他解释什么，跟他辩论什么，并且想要请求什么，可是他已经消失了，而且我甚至不敢肯定，他刚才是否真的在场。我又变得孤身一人，已经不见了遗嘱。但是，由于他的出现和体贴，我感觉他给我穿上了死后新生活的"第一块尿布"。在这间舒适的小墓穴里，我重又坠入梦乡，终于得到了渴望已久的安宁。

在漫漫长夜中，我睡得很熟很香，完全忘掉了那个扮演医生的家伙；他白天还想要阉割我，但在这天晚上，他跌跌撞撞地在坟墓间徘徊，大喊大叫，想在墓地中找到我，想让我把他带到地下，让他与父亲重逢。尽管我并不知道他那可怜的父亲会在哪儿，但还是对他产生了恻隐之心。自从我侥幸逃离了他手中的钢锯，心里的恐惧和希望也慢慢地消除，或许我将自己的恐惧和希望转移到了别人身上，也许恰好转移到了他的身上，转移到这个跑到墓地里找我的倒霉鬼身上，仿佛我将一直扛在自己肩上的包袱卸到了他的肩上。也正因如此，现在他变得不知所措，痛苦不堪，不知道将那沉重的包袱转交给谁。他对包袱里的东西所知甚少，但也正因如此，他想卸掉它的愿望愈加强烈。我相信，回头他肯定能够找到一个人，把那个沉重的包袱传递下去；我还相信，他也能像我一样找到一条同样能引他启程的路，假如有朝一日他能够找到，那么他也将会找到一间属于他自己的墓室。

第八章

醒来的时候，我饿得肠胃痉挛，痛楚不堪，仿佛有谁掉进了我的体内，想用镐头从里向外凿出一条通道，不断地刨啊，砍啊，锄啊；与此同时，还有人在用力抻拽我的五脏六腑，粗暴地拨弄，翻转。

起床后，我重又上路，必须找点什么能充饥的食物。由于昨天我在那个混账导演那里又一无所获，所以我决定不再去找他们，这些家伙实在太坏了，那里隐伏了太大的危险。我这样想着，从墓穴里爬了出来，舒舒服服地伸了个懒腰，然后径直朝墓地的大门走去。我边走边想，我是多么幸运啊，所有人都那么恐惧死亡，而我却能作为一个心灵死亡了的活人免费住在这里，住在这座城市最美的地方。我就像一位在自家领地上散步的大庄园主，这里的草地要比最平坦不过的英格兰草坪还要秀美，这里的氛围要比最罗曼蒂克的爱情场景还要温馨。这时候，有一个念头在我脑海里忽然闪现：我如果不是一个失魂落魄的活死人，那么完全可以做一笔大生意，我可以在这里修建一座带游乐场、电影院、足球场等各种娱乐场所的周末度假村，然后我可以凭借"墓地改革家"的显赫身份代表所有的死人来经营它，最终我可以变得富有，我相信自己肯定能做到这一点，我有能力收买所有的死人，说服他们赞同我的宏伟计划，或许我可以跟那位午夜长者达成协议，让死人们也能享受一点娱乐、喧嚣与欢愉，想来他们早对这无限荒凉、幽暗阴森、扼杀一切的死寂感到厌倦，在这里只有凄凄的冷风和如泣如诉、无可名状、令人晕眩的悲伤在我们头顶盘旋、吹过。但是，由于我的这项计划看上去并不是那么切实可行，所以我不得不另寻出路，先要解决自己越来越难耐的饥饿。我突然想起一个救急的办法，而无需将灵魂出卖给腰缠万贯的财主、老板或奴隶主，我将到街上行乞，让路过的行人主动意识到我是多么急需他们救助，我相信他们不会见死不救，不会冷漠地让我饿死。

我在墓地里的一口井边喝了一口浸满亡灵们无助眼泪的清冽井水，然后大步走出墓园的大门，坐到一条长椅上，伸出双手，等待好心人到来，等待路人递给我钱或面包，说心里话，我更期待能够得到一把钥匙……不过，我所指的既不是住房，也不是汽车，而是期待有谁能将一把智慧的钥匙塞到我腌臜的手心，让我用它打开生命本质问题之锁,因为我早已厌倦了这不分昼夜的疯狂挣扎,白天为了能活下去,夜里为了灵魂必不可缺的安宁。

我等啊,等啊,行人来来往往,但没有人将任何东西扔到我手里,或许他们根本不明白我坐在这里想干吗,说不定他们心里猜测,我之所以伸出手来,是想向他们表明:我的手里没有凶器,我只是怀着和平的善意,想得到他们的理解、原谅和帮助。我就这么坐在那里,脸上浮现出带着渴望和友善的微笑,路人们偶尔不知所措地朝我瞥一眼,然后立即将视线转向远处,尽可能地绕开我。但是即便如此我仍不放弃,因为我相信人类有怜悯之心,尽管连我自己都不能解释为何会有这种幼稚的想法。由于路人都远远地绕开我,于是我离开长椅,坐到人行道上,并且一点点地往前挪,最后坐在了人行道中央,像路障一样地伸出手臂,或像架在跨栏跑道上的横栏,结果那些心地善良的路人们要么纵身越过,要么闪身避开,或绕到马路对面,他们垂着眼皮从我身边匆匆走过,生怕我会开口向他们乞讨。

就当我虚弱得马上就要晕倒时,我注意到柏油路上有一个古怪的家伙在朝我这边移动。那个人匍匐在地,缓慢爬行,湿漉的头发贴在脏兮兮的脸上,拖着一条畸形的腿。这时候我突然感到一阵欣喜,终于看到了一个跟我一样的人，一个同类，一个兄弟，一个命运相同的伙伴，我将跟他团结一心，互相帮助，肯定能一起找到活路！然而，当他快要爬到我跟前时，我才看清他手里拖着一根棍子，他猛地抡起棍子向我砸来，幸好我反应机敏，成功地躲过这致命一击；紧接着就是第二回合，棒子在我耳边呼啸而过，在躲过了第三次进攻后，我一把抓住了那根木棒。

"嘿，伙计，你他妈的疯了吗？想要干吗？"我大声吼道。

"打死你，你这个混蛋！"他恶狠狠地说。

"我怎么招惹你了？你这个死鬼！"

"你才是死鬼！你为什么要来抢我的饭碗？这是我的地盘，我在这里讨饭！"

"我跟你一样饥饿，为什么我就不能在这里讨饭？"

"你这个不懂规矩的白痴！赶紧给我滚开，不然我砸烂你的脑袋！"

"可你为什么要这样对待我？想来我们是同一类人，同样一无所有！既然你能在这里讨饭，为什么我就不能？"

"因为他们派你来，就是为了抢走我的饭碗，让我饿死！所以不是你死就是我亡，我只能先要你的命！"

"没有人派我来，"我立即解释说，"我跟你一样，也是为自己乞讨。难道你对跟你同命运的人就没有丝毫同情心吗?"

"你是什么人?精神分裂的外科医生吗?你怎么会穿着白大褂乞讨?你不是一个疯子,就是一个外行,我还从来没有见过像你这样的笨蛋!不知道你是怎么想的,你这副打扮怎么会得到人家的施舍?"

经他提醒,我也意识到自己这身装束很怪诞,自我解嘲地笑了笑,然后用和解的口吻对他说:"谢谢你的提醒……别人不知道同情,那你应该同情啊!你为什么就不肯给我几枚硬币,让我能去买一个小面包?我都快饿晕了。"

"别做梦了!这是我的地盘,我在这里讨饭,你明不明白?现在你要断我的活路,那我就要杀了你!"

趁我不备,他猛地将棒子从我手里抽走,再次举过头顶,向我砸下。说时迟那时快,我在最后一刻再次抓住了那根木棒,并且用力从他手中夺过来,反手朝他的头上砸去。

"这个滋味怎么样,老家伙?"我恼羞成怒地问道,他只是骂骂咧咧地闪身躲开,我接着又是一棒,对方应声倒下。

我在他身上里里外外地翻查,只找到了几枚硬币、纽扣和各种零碎的破烂,我把钱塞进衣服兜里,然后把他拖到路边的草坪上,由于那人还在喘气、呻吟,所以没有大碍。我丢下他径直去了附近的商店,买了面包、黄油、火柴和一大根蜡烛,然后带着战利品绕道来到墓地的另一个入口,回到我的栖身地。

终于回到住处,心里紧张得砰砰狂跳。我抱着战利品爬进墓穴,坐在床上,抹着黄油吃了一个大面包,而后将蜡烛立在墓室中央,用火柴点燃,感觉有了家的温馨。我整理了一下凌乱的东西,而后爬出去到井边洗漱,我还找到一只塑料喷壶,用它浇水淋浴,痛痛快快地洗了个澡,然后重又穿上白大褂,像顺利完成任务的侦察兵,心得意满地返回营地。

在墓穴的洞口,我吃惊地发现有陌生人的踪迹,看到一道泥泞的划痕,我立刻警惕地环顾四周,并从隔壁坟墓前的一棵椿树上折下一根很粗的树枝,然后蹑手蹑脚地走到洞口,看到了那个入侵者。那人也没有放松警惕,我刚一爬进洞口,他就立即向我发起攻击,试图用一根长铁棍刺我,他大概是从哪座坟墓的围栏上拆下来的,这时候我看清了对方的脸,这恶狠狠的家伙不是别人,正是刚才的那个乞丐!现在他跟过来向我复仇,凶狠地刺伤了我的胳膊,然后再刺,又刺中了我,我蜷着身子,做出一副后撤的架势,将那人从我温暖的小窝里诱骗出来。正当他从墓穴里爬出,恶狠狠地用铁棍刺向我时，我一跃而起，跳到空中，用树枝将铁棍打飞，随后抄起那根铁棍向他刺去。随着一声可怕的叫喊，他一头栽倒在地，立刻没有了声息。出于恐惧，我浑身开始发抖，同时心里盘算怎么才能把这个丧门星从我的领地弄走。我抓住他的两只脚用力拖他，闻到他身上散发出的臭味，感觉像一具死了几星期的腐尸，我拖他的样子像拖一条船，一条沉没已久的旧船，鬼知道它曾是一条什么样的船，承载了多少的悲伤、希望、道德与快乐。我把他拖到较远的地方，扒开一座已经坍塌了一半的坟墓，将他塞进墓穴，只听到咔啪一声，一只棺材在那人身下断裂。这样也好，至少他不会感到孤单，我心里暗想，随后回到自己的住处。

回到那套小公寓，我发现乞丐已把他的家当搬到了这里，倒也不错，至少我多了一床破棉被、几块干面包、几件破烂衣裳、尼龙口袋、报纸、绳子和两条假腿，我把它们一一摆好，然后点燃了那根我藏在角落里的蜡烛，十指交叉作出祈祷的样子。尽管看上去像一个傻瓜，但我还是开始祈祷，我自己都不清楚该向谁祈祷。因为距离上帝过于遥远，毫无疑问，他肯定没有闲暇管我的事情，想来我是一个不存在的人，既不是活人，也不是死人，但是即便如此，我还是向那个至高无上的神灵虔诚地祈求，求他宽恕我的罪过，并且宽恕那个可能已被我在墓地度假村的新篇章里，在一场你死我活、残酷无情的生存搏斗中杀死了的倒霉鬼，想来他也是个不幸的人，跟我一样，跟那些我们不再成为的那些人一样，如同墓碑上经风吹雨淋、变得难以辨识了的唯一而永恒的铭文。

事实上，真正的碑文并不存在，因为生命是无法用文字记录的，在每块墓碑的背后，都有一个主人在耐心等待我们，即便在我们最没尊严、烂醉如泥的愚蠢状况下，他们也会帮助我们，不会抛下我们，甚至会向我们伸出援助之手，因为他们爱我们，爱我们的一切，想来我们所做的事情都是为了能让他们满意和欢欣，让他们感到意外和惊喜，首先是为了让他们满意，让我们积累教训。在游戏当中，他们不动声色地指出通向自我的路，即便路在那里，在每条地下密道尽头的墓穴里。

第九章

　　我筋疲力尽地将头枕在那堆破烂上，对我来说，它像天堂之吻一样甜蜜，就连自己都不明白到底因为什么，或许由于它的安宁、平和，还有能够触摸的永恒，因为我枕在上面，就像枕在它能够穿透一切的脉搏上。我躺在这里轻轻地呼吸，仿佛在捶打它的心脏，我的感觉是那样的幽深而滑腻，我从未有过类似的记忆，或许正出于这个原因，我最终把它吃掉了，我吃的不是什么别的东西，而是脂肪，这让我更加贴近大地，但是贴得那么近，以至于我已能在肺叶里感觉到它的心跳，它的蹬腿，它的冲撞，感觉到与它胸贴胸的紧紧拥抱，我在它的呵护中死亡……但是现在我并不会因此而感到恐慌，一点儿都不会，因为我的梦飞翔得如此之深，如此之慢，以至于我几乎无法意识到，那些年轻的野猪正更加深沉、更加平静地啃咬我梦的边缘，就像在啃咬美味的灌丛。后来它们突然意识到并疯狂地追逐，让梦变成更加绚丽多彩的噩梦，因为只有这些变得狂野的美丽野兽会发疯地追逐,在它们长时间的逐猎之后,会在黑暗中一口一口地撕咬我,让我惊恐万分。

当我睁开眼睛,立刻发现四周并非真的漆黑一片,只是昏暗而已。月光将怪异的阴影投到我身上,我想挪动身子,试图坐起来,但是却动弹不得,因为在我跟前站着几位黑衣人,他们将我团团围住,将一把把利剑指向我,将闪着寒光的剑锋抵在我的脖子、胸口和脸上;我知道大难临头,毫无疑问,他们此刻向我表露出的并非心照神交的友好,这时候,前一天的情景重现在我眼前。我心里寻思,想象自己能够跟他们谈判,讲明利弊,跟他们协商并划清各自所属的疆界,也许我可以跟他们做一笔交易,讨价还价……我困惑不解地望着他们,他们一声不响地注视着我,尽管我们看不清彼此的脸,但他们可以清楚地听见我,因为我的心在砰砰狂跳,仿佛要从胸膛里跳出来,后来这些人收回了利剑,向后退去,然后用各自手中的镜子照向我,非常小的小镜子;而后,那位已成为我知己的银发长者开口说道:

"年轻人,我亲爱的朋友!你想死,但你还没有做好准备。我们不会接受任何没有做好准备的人到我们中间!所以,如果你真的想要跨入死亡之门的话,那就必须修炼,请永远记住并接受我们的规则。首先,如果你想跻身我们中间只是出于兴趣或好奇,而非出于诚心的愿望，那么你就不能跨入我们的行列。你必须确定无疑，你是出于真心才想这样，愿意让我们引领你走上漫长旅途，找到最有价值的自我，一如既往，在崎岖小径上一直向前，不能回头。

"其次，你的敌人首先是自己，所以你必须先要战胜仇恨和嫉妒。第三，你看到和听到的关于我们的一切，我们所说、所展示、所教导和所做的一切，无论以什么形式，你都永远不能泄露给任何人，你明不明白？"

我惊愕地躺在那里，无助地望着这些古怪的陌生人，但我能够感觉到他们知道一些我不知道的事，他们知道我将要走上的路在哪儿并通向何处，我寻找并唯一归属的是哪个家庭，知道哪个是我想要追随并能教会我渴望已久的平静的亡灵。

"我明白！"我用犹疑的语调喃喃应道，随后那位高个子的银发长者向我俯身，用令人胆寒的威严目光直直地盯着我的眼睛。

"你敢向我们的法规发誓吗？你能接受我们的条件吗？"他严肃地问我。

"我敢……而且……我接受……"我磕磕巴巴地说。

这时候，他们再次将利剑指向我，用剑锋抵住我的喉咙，之后，他们在认定我是出于真心之后，将长剑在我的耳边嗖嗖挥了几下,把我轻轻划伤。我感觉到皮肤发烫,鲜血随即慢慢流出来,淌在我的脸上,我抬头看到,他们的脸上也淌着血,挂着同样的伤痕,看着我走到他们中间,脸上露出微笑,随后慢慢地、不露声色、不为人察觉地变得模糊。尽管我想问想说,想展示,想刨根问底,但我已经失去了对象,想来与逐渐明亮的晨曦相比,这里只留凄冷之地,心里只有我感觉到或看到的记忆。虽然没留下肉眼可见的痕迹,但我清楚地知道,现在我已经上路,走上了死亡之路,朝着对我来说全然陌生、无法想象的方向行进。但是即便如此,我还是认定并希望,想要最终成为一个——从生命的角度看——唯一完美、完整、无可挑剔的死人,一个漂亮、溜圆、没有生命的"零",我跟那些亡灵栖居一隅,绑在同一副链条上,就像一具刚死的、尚未彻底僵硬的、处于死亡与新生临界点的尸体。

第十章

身体通过晨勃提醒了我,让我意识到自己并没有死,不能否认,生理反应的结果让我不再理会死亡,而对这副长了两条腿的肉身更感兴趣。一种躁动不安的生命力在我体内以厚颜无耻的方式显示出它的旺盛和坚不可摧。也正因如此,它冲着我大笑,使我切实感到,我还可以继续活下去,只要我爬进,钻进,搬进人的某种皮囊内,进到哪个能让人有安全感的地方躲藏起来,就可以最终感到宁静。在那里,我仿佛将自己和自己坚不可摧的力量,将自己的种子储藏在隐秘的皮囊里,等待时机再次孵化,就像让自己从自己的体内生长。

这时候,我的肚子又开始咕咕鸣叫,提醒我又要去讨饭了,那样我才不会被饿死,至少不会像我所希望的那样死去。于是,我被迫回到外部的世界,回到乞讨的战场,并被卷向泥泞的沼泽,只为了能够搞到一点食物,更重要的是,让自己在绝望中保留住希望。于是我迅速从墓穴里爬出来,如同一名被狮群逼到角落的角斗士，离开墓地，走进职场的丛林，在那里所有人都相互欺骗，在那里欺骗是最重要、最原始、最富成效的工作。在那里，最擅于欺骗的人充当最善良的师长，而那些受骗之人则做他们的门徒，痛苦地学习并掌握高明的骗术，继承并相传，将反复践行的伎俩传递给他们新一代的奴隶，如此循环往复，无休无止。在这个魔圈里，谁都不会痛苦到彻底毁灭，因为在最后一刻，总会萌生出更新的可笑欲望，更新的愚蠢希冀，这会使他沉默地忍耐，直到眼看要耗尽最后一丝气力，甚至连将自己体内那个曾经的反叛者和希冀者——作为病人、废物或被榨干血汗的奴隶——推进坟墓的气力都不再有，最终丧失掉去来世生活的勇气。事实上，人世间每个人都该为来世做准备，积攒足够的气力、情绪和知识，为了去天堂，为了能在那里有情绪学习，交谈，工作，娱乐……想到这里，我下定了决心，即便我清楚地知道今天我还要当奴隶，我也不去做电影演员和乞丐，因为前者完全是一个傻瓜，后者令人羞耻并要冒生命危险。我最好还是去找一个更好的差事，寻找真实的生活、凡间的天堂，让一切最终归复平静，顺心如意。

　　我边走边想，散步到电影的外景地，来到那栋废墟般的别墅后的一座建筑前，这栋建筑跟前一座很像，只是更加破败，摇摇欲坠。我按响门铃，过了一会儿，一个瘦小干瘪、坐在轮椅里的老太婆打开房门,她刚一看到我,就马上用拐杖勾住我的脖子并大声尖叫,她问我找她有什么事?我说我想找一份工作,因为我必须挣钱买面包吃。她听后哈哈大笑,说我来得正是时候,找对了地方,这里是"爱的家园",置身于爱的中央,爱是他们唯一的面包,因为他们能拥有的只有爱,要知道,这里的一切都是用爱做成的,连篱笆都是,要知道,他们除了爱一无所有。我回答说,这很好,可是……他们有没有钱?老太婆说,他们没钱,分文没有,但是我用不着为此发愁,她请我进去,说这里是敬老院,他们会想出什么办法报答我,不过,她先要告诉我该做些什么,他们已经等了很久,我终于来了,终于向他们伸出援助之手,把他们从死神那里救出来。

我走进屋里,立刻闻到一股令人窒息的腐臭味,满眼都是无望的贫困、痛苦挣扎的身体、刺鼻的尿臊味和浸透一切的分泌物的苦味。坐轮椅的老太婆走在我的前边,很快我就明白了,他们需要我在这栋摇摇欲坠的废墟里充当护士、护工、洗尸工和清洁工,充当救世的死神来照看这些奄奄一息的垂死者。我按照顺序开始工作,帮完一位老人,再去帮另一位,帮他们脱掉脏衣服,用清水给他们擦洗身体,然后再帮他们换上干净衣服,或为他们盖上毯子或外套。我惊愕地看到,我闯入了一座多么凄凉悲惨的人间地狱！至少在那个重要时刻到来之前，我可以让这些既痛不欲生、又无力去死的病残老人获得必要的尊严，我为他们冲洗、搓身、擦净、挠背、揉肩、把他们抱起来、翻过去，让他们坐起身、躺下去，听他们的呻吟、哀怨、哼唧、叹息和充满恐惧的轻声谵语，忍受一阵阵让我作呕的难闻气味。一副副绝望、贫困、衰败、腐烂的身体里散发出令人毛骨悚然的臭味，排泄物和分泌物略带腥酸的气味里充斥着残忍、凶险和苦涩不堪的邪毒。

连我自己都不知道自己是怎么做到的，但我还是做了。默默地做，不停地做，仿佛我长了一副洁白的翅膀，获得了某种新的、至今为止从未感受到过的神圣力量。从某种角度讲，这要比任何种类的死亡都更可怕，但是我能忍受，为了结束自己令人蒙羞的乞讨，为了获得最终的安宁，我不停地做着，做着，为他们脱衣、洗澡、穿衣，把他们抱起、搀扶，帮助他们大小便、换尿布，给他们塞肛栓、吃泻药、清理并包扎伤口，我感觉自己始终在无垠的大海里拼命挣扎，突然意识到自己像一位和蔼的乳娘，一位小心翼翼看护幼婴的慈爱母亲，一位托儿所阿姨：离开了我，这些可怜的人自己连死都做不到。正是这种感觉给了我崇高的力量，让我重又获得了拼搏的勇气。我要为他们而战，为了我的这些濒死的孩子们。我刚为所有躺在屋里的老人洗净了一遍他们病弱的身体，之后马上又重头开始，再来一遍，因为这肮脏、恶臭的海洋又掀起了浪潮，整个时空再次被绝望吞没……我做啊，做啊，最终达到了自己的极限，精疲力竭，难以继续，决定放弃。

我在地下室的厨房里找到那位坐轮椅的老妇，她笑吟吟地递给我一盘疙瘩汤和一个煮土豆，她让我尽情享用，并且祝我胃口好，因为这就是他们给我的报酬，这些食物是他们最宝贵的东西；我连连点头，由衷地感谢。她接着又说，他们已经一天没吃过这么好的食物了，但是没关系，让我好好吃，这是我应该得到的，享之无愧。想来他们无法付给我现金，他们连一枚硬币都没有，顶多还能送我一件哪个死人的衣裳。事实上，我根本就不后悔做刚才所做的这些事，因为这些工作越可怕，我的感觉越良好，因为我帮助了他们，我感受到他们对我的感激，哪怕这只是片刻的暖意，我都感到满足，不在乎他们能给我什么，我知道这些老人实在太不幸太可怜太无助了，他们除了水和空气，一无所有。所以我对这位瘦小干瘪、连死亡都没有能力了的老太婆说：好的，可以给我一件衣服。于是，老妇人把我领到一个大衣柜前，我挑了一身衣服穿上，的确挺好看的。我在疲惫的身体上套了一件白衬衫和一身浅蓝色西装，配上红领带和棕皮鞋。

"可是,唉,我们该让彼得穿什么下葬呢?"妇人纠结地叹了口气,流着泪说。

"这是我的白大褂,可以把这个给他穿上。"我回答她说。

之后,我在老妇人的热心劝说下,还抱了两条棉被、一床羽绒被和一个枕头,然后告辞离开。她送我出门,我吻了她那只皱巴、黏滑、骨瘦如柴的手,仿佛用我的心在死神的额头上盖了一个印戳。但是我很高兴,我做了一件善事,更不要说现在我又为自己美丽的小巢带回了新家当,而且我吃了一些东西,不会饿死。

回家之后我休息了一会儿,等着体内重新积聚起能与夜魔格斗的力量,因为我知道:他们会来。我还没有佩剑,从来就没有过,谁知道呢,也许以后永远都不会有,除非他们将光明递到我手中——永恒的光明之剑。

第十一章

当我重又躺在吱呀作响的床板上时已经精疲力竭，很想赶快入睡，但却翻来覆去地睡不着，因为我担心那个一袭黑衣的银发长者再次神秘出现，再次做些什么古怪的事或说些什么古怪的话。我担心自己不知道该怎么机智地应答，因为他会用那道带着令人钦佩的严肃、优雅和可以扒掉我所有灵魂衣裳的目光看透我的脏腑。但是，今天来的并不是他，而是别人。

我听到一阵奇怪的窸窣、嗖嗖的声响，随后是狗吠和行进的脚步声。当我透过一条细窄的缝隙从墓室里向外窥伺时，看到一幕令人恐惧的场景。我看到了一群警察，他们牵着猎犬，带着武器和火把，正在坟墓之间狂怒地疾走，非常迫切地在寻找什么。我无法想象他们是在找谁，或找什么东西？想来他们已经没有必要再枪毙死人，他们既不能让亡灵说话，也不能把他们关进监狱，更不可能对他们施以酷刑。因此我想，既然不是来抓死人的，那只可能是来搜查我，因为我弄死了那个可怜的乞丐，因此他们在搜查凶手，要逮捕我归案。这些人朝每个孔洞里张望，用火把照亮，用刺刀扎捅，让猎狗嗅闻、刨抓、啃咬，他们推倒墓碑，砸碎墓盖，我听到令人脊背窜凉的呻吟和尖叫声，那些家伙神色严肃地低声耳语，相互传令，彼此指派；我紧张得要命，身体绷成一张弓。现在可以肯定，这些人是来找我的，因为我做了违法的事情，想来我在既无演出许可或资格证书，又没签订合同的情况下是不能在电影里扮演角色的，也不能随便给老人们洗澡。我一无所有，将来也不会有，尤其不可能得到任何就业许可。话说回来，我要许可有什么用？我也是一个死人，至少精神上已经是一个死人，准确地讲，我是一个这样的死人——虽然在现实中还没有死，但在活着的时候就已经跨进了死亡的大门。我感到惊恐，知道他们抓不到我是不会罢休的，于是盘算，不如我去自首，那样他们或许能够原谅我，宽恕我的罪过，那样我不至于死得太惨。但是，就在我坐起身来，准备站到洞口向外喊叫的那一刻，那位头发灰白的老先生突然现身，并用手捂住了我的嘴，让我把要喊的话咽了回去。

"不要出声！因为他们要抓的并不是你，而是我，"他低声地说，"确切地讲，是我们，我们这些让自己重生的死人。"

我瞪大眼睛看着他，但是并没有听懂他这话的意思。他们既然已经死了，不可能有谁会逮捕他们，这不合逻辑，不可理喻。我又要叫喊，但他更加用力地捂住我的嘴，极力制止我说："相信我，我会让你明白所有的一切。"就在这时，他推开墓穴墙上一扇无形的门，这扇门通向隔壁的墓室，在那里站着几位跟他一样的黑衣男士，他们带着和蔼的微笑看着我们，银发长者开口告我：

"你看，我们就在这里工作，在这里会面，交谈，"他接着说下去，"以后你也可以来这里，只要你不向那些家伙出卖我们。他们试图抓住我们，想用最卑鄙的手段摧毁我们，摧毁一切，因为他们不能忍受秘密，不能忍受任何他们不知道的东西。事实上，他们也知道这里有他们不知道的秘密，所以他们时时刻刻都在监视、窥伺、偷听、搜查，只不过他们看到的和听到的并无价值，他们获得的信息也不精确。他们的知识并非源于心灵，所以他们就像瞎子和聋子，他们的灵魂是那样的羸弱和怯懦，不敢面对死亡，不能超越自己的肉身，尽管他们也想归属这里，也想超越死亡，但是由于他们的愚蠢、好奇和邪恶，我们不准许他们来到这里。这里一旦被他们发现，我们小小的墓室就会立刻丧失宁静，我们的灵魂将不再平和。我们不肯接受他们，所以他们想要报复,想要铲平墓地,想赶走我们,杀死我们,消灭我们。但是他们不会得逞的,即使现在找到了我们,也绝不可能得逞!因为我们内心的安宁如此强大,已经坚不可摧,我们的生命已经成熟,已经变成了永恒的教堂、墓地、价值与安宁。不过我们可以告诉你,因为我们觉得你来这里的目的也是为了寻找宁静,寻找内心的安宁,试图跟自己和解,并想藉此把自己锤炼得更加坚强。如果你自觉自愿、真心实意地做好了准备,准备加入到我们中间,那么即使你在这里不能像在外面世界那样得到充饥的食物,但至少能够得到能让你感觉每天都在过圣诞节的温暖微笑,在这里,你对智慧、力量和美的渴望能让你通过修行变得高贵……"

话音未落,他猛地把我拽到一旁,因为有一把寒光闪闪的刺刀突然从头顶上的石板间隙扎进了墓穴。

我侥幸没有受伤。正当我惊魂未定、难以置信地看着眼前突然发生的所有怪事,银发长者用力搂了我肩膀一下,随后严肃地把我推开,说:"现在你回到自己的世界去吧,因为这一轮扫荡已经过去,但不要把这件事告诉任何人。"

"为什么?"我问。

"因为反正也不会有谁明白你说的话,谁都不会相信这一切是真的,他们只会觉得你是一个大傻瓜。但是我们并不这样看你，在我们眼里，你是一位善良、坚强、有用的好人，你走上了一条能够让你超越自己的路，因为你想要磨炼自己，使自己变成完人，因此我们愿意接受你到我们中间，但这并不是我一个人的决定，也不是某个人的决定，而是我们所有死者共同的决定。不过，现在你先回去吧，一个人待一会儿，认真回想一下你在这里的所见所闻，因为是命运把你领到这里，让我将秘密透露给你，让你知道我们藏在哪里，以及我们为什么藏在这里的原因；另外，现在你还知道了谁是你的敌人，是的，你已经清楚地意识到这一点，你最大的敌人不是别的，只会是你自己！而且你的敌人不止一个，甚至可以这么讲，你越是超越自己，你的敌人就会越多，就像你刚才看到的那样，在外面会有越来越多的人嫉妒你并憎恨你，那些人可不会跟你开玩笑，你一旦丧失警惕，他们就会拧下你的脑袋，会以你做梦都不敢想的方式把你毁灭。不过，你在自己的路上也会遇到知音和同路人，结识真正的兄弟姐妹，他们人会很多，而且无处不在，随时随刻会帮助你，解救你。我可怜又可爱的弟子啊，是的，你做梦都不会想到自己卷入了一场多么重大的对决，你将跟死神较量！在这场较量中你可能会丧生，但是别怕，因为你会在这里结交很多朋友，我们会帮助你的，我们为你而存在，要知道，我们在死亡中团结一心。现在我只能跟你讲这么多，不能透露更多，我们为你而存在，请你记住我说的这句话，'我们为你而存在，你为我们而存在。'你能听懂我讲的话吗？"

第十二章

　　清晨，我又听到镐头的开凿声。此刻，饥饿折磨的主要不是我的胃，而是我的脑袋和四肢，我整副身心都被凿碎，感到头晕眼花，随后被一股无助的怨愤所吞噬，而后重又感到虚弱不堪。

　　我从狭小而庄重的死亡之笼里爬出来，始终面带微笑地走在通向墓园大门的小路上，我浑身乏力地瘫坐在大门口的长椅上，目光呆滞地盯着前方，不时绝望地瞥一眼那些出于恐惧或厌恶而远远绕开我的路人，与此同时，镐头在我体内不停地刨啊，凿啊，刨开了墙壁，凿穿了我的胃壁、胸腔和骨架，仿佛有谁想一步跳到我的跟前，凶狠地想给我致命一击。

　　过了一会儿，我再次感到晕眩，几近崩溃，我坐在长椅上等着，等待有谁终于能过来帮助我。这时候，一位身材肥胖、带着古怪笑容的女人走到我跟前，身穿一条闪光的粉红色裤子和墨绿色衬衫，头戴一顶破旧的黄帽子，女人微笑着冲我点头示意，脸上挂着豆大的汗珠。

"你是爪哇岛人吗?"她主动跟我打招呼。

"不是,我只是被人揍扁了鼻子!"我没好气地回答。

"你被谁揍了?"她好奇地问,"外星人?他们在哪儿?"

"他们住在我肚子里!"

"真可怜!你看上去就是一个倒霉鬼。"

"为什么?"

"不为什么,只是这么觉得。我猜,你的身体对你不太友好,它是不是经常折磨你?"

"不,尊敬的女士,我的身体非常可爱,我很喜欢它。"

"不光是鼻子,你的整个脑袋都像被人砸扁了似的,"女人一本正经地解释,"或许正因如此,我猜你可能是爪哇岛人,或者……"

"你到底想说什么?如果你很想找个爪哇岛人说话,那我就是!"我实在没心思跟她纠缠,想要尽快摆脱她。

"我想找一位语言老师,因为我想学爪哇语!"女人兴奋地睁大了眼睛,"我喜欢遥远的异国情调。爪哇岛人那么可爱,我在杂志上看到过,非常喜欢,他们身材瘦小而矫捷,而且那么勤奋,所以我做梦都想找一个土生土长的爪哇岛男人当丈夫。"

"当丈夫就算了,但是我能教爪哇语。"我不假思索地说。

"真的吗?会有这么巧的事?"她半信半疑。

"当然是真的!我身上有四分之三的爪哇血统,而且是一位语言教师,难道您看不出来吗?"我稍稍换了一种礼貌点的语气。

"你?哦……哈哈哈!"女人突然笑了起来,"恕我直言,在我看来,你顶多像一个在热带雨林里迷路半年了的白痴,而不是教师。"

"只要您先付课时费,课程现在就可以开始。"我并不生气,继续一本正经地建议。

"可是我没钱交学费,但有别的可以当学费。如果你真的会说爪哇语,那就请上楼去我家坐坐,咱们可以开始上课……"

一小时后,我坐在这头母象的厨房里,看着她呼哧带喘、大汗淋漓地不停在忙碌,除了她的巨臀我什么都看不到。

"这里有什么吃的东西吗?"我问。

"当然有!给你,我亲爱的朋友。"她边说边咯咯大笑地冲我挤了一下眼,扔给我几根胡萝卜。

"您的日子过得像一只愚蠢的兔子,连一点油水都没有吗?"

"这已经是我最健康的食品了,年轻人,现在我给不了你别的什么,因为我在节食,在我可爱的小厨房里没有任何能让人长胖的东西。"

我只好开始啃胡萝卜,吃这个总比饿着要好,尽管并没有好多少。过了一会儿,胖女人从抽屉里拿出一个皱巴巴、油乎乎的本子坐到我面前,用笔在封皮上写下"爪哇语第一课",然后好奇地望着我。

"爪哇语的'猫'怎么说?"她认真地问。

"csi csu。"

"好,我马上记下来。那么,'狗'呢?"

"kucsu。"

"好。'胡萝卜'呢?"

"sá csu。"

"我懂了。那么,'吻'怎么说?"

"csu ku。"

"嗯。那这句话呢,'我要吻你'?"

"爪哇语里没这样的话。"

"这怎么可能?!"

"我的意思是说,有,但特别复杂。"

"复杂没关系,我可以学。"

"en csu ku te。"

"啊哈。那么,'爱'呢?"

"sze csu。"

"那'我爱你'肯定就是 en sze csu te!"胖女人得意地叫起来,"爪哇语真是太奇妙了,没想到这么有逻辑!"她站起身来,搅拌了一下正在火上熬着的、臭气扑鼻的菜汤,随后向下拽了拽毛衣,好让她的胸脯看上去更惹眼。

"那么,'奶子'怎么说?"

"csi csi。"

"噢,我知道了。'做爱'肯定是 ke csi,对吧?跟匈牙利语有点像。"

"哦……"我支吾道,怀疑自己的把戏已被她看穿。

"好吧,那就让我们先 csu ku 吧!我 sze csu 你,你 sze csu 我,然后一起 ke csi,你 csi 我 csi,我这么说,你能听懂吗?"

"您把我都绕晕了……"我假装不明白她的意思,"语言需要一步一步地学,我听不懂您说的……"

"听不懂就别听,"她不耐烦地打断我,"那就赶紧脱掉衣服吧,你这头小牛犊,还磨蹭什么?再磨蹭我就掐死你!你真以为我是个傻瓜吗?你以为我看不出来,你根本就不会什么爪哇语!你只是想要利用我,对吧?

那现在你就利用吧，不然我就打电话报警，告诉他们你入室偷盗，强奸我并打劫我！"

"请您付我课时费。"我见势不妙，想赶紧结束。

"你做什么梦呢？"

"我不能免费工作。"

"我的饭也不是免费给的，你再磨蹭，我就拧下你的脑袋！"

话音未落，她已经把我按在了桌子上，将她又湿又臭的松软嘴唇压在我的嘴上，很快我们滚到了厨房的地板上。警察、便衣、特种兵或保安，这一刻都跑哪儿去了？还有史泰龙和李小龙，为什么不来救救我？！上帝啊，快来帮我，赶紧把我从这个肥肉的陷阱里解救出去！这个肥硕的婊子要比我想象的敏捷得多，无论我怎么反抗，她还是迅速找到了她想要的东西，很快我束手就擒，听天由命，跟这艘在我头顶荡漾的轮船一起撞向永恒的礁石，生死都在一瞬间。在这里，在这座想象中的爪哇岛上，我最终成了她的弟子、牺牲者、囚徒，我注定了会失败；与此同时，巨兽就像一个火车头般在我身上满足地轰隆咆哮。

"你的嘴好臭。"我厌恶地说。

她不理睬，仍不停地动作。

"你这个该死的 csi csu sze csu，你哪里是女人，简直是头野猪,是头大象,一堆长了两条腿的腐肉,臭气熏天……"

不管我怎么骂她,她都不生气,并把舌头塞进我嘴里搅了几下,直到看我马上就要窒息,这才把舌头抽出来。她大声呻吟、喘息,那副巨大的身躯突然像中弹一般扑倒在我身上,压得我几乎喘不过气来。

"你这个臭小子,我的小爪哇,我终于找到你了!从今往后我们住在一起,每天一起学爪哇语,怎么样?"

"那你必须先付学费,你这个婊子!"我骂骂咧咧,并且使出吃奶的气力,从她身下爬了出来。

"我没有钱。"女人笑道。

"没钱?如果你真没钱,那我就把你的脑袋砍下来,直接扔到墓地,你听懂没有?!"我也壮起胆子,恶语相迎。

"我听懂了,但还是没钱。我的小畜生,你听懂了吗?"女人凶巴巴地回应。

我出于无助的愤怒跳了起来,劈头盖脸地挥舞拳头,狠揍这头巨大的野兽,就像勇敢的大卫要征服巨人。不过,我的拳头打下去,感觉就像击打用肥油填充的拳击袋,根本感觉不到力量和节奏。她只是不停地嘎嘎大笑,狂笑不止,就像一个不懂规矩、没皮没脸、喜欢跟造物主耍贫嘴的小丑。

"好了,休息会儿吧,你这个冒牌的小爪哇。只要你好好听我的话,我可以给你吃可口的午餐,然后咱们谈谈未来的生活……"女人终于止住了笑,平心静气地建议。

我梗着脖子没有做声。她当然看透了我的心思。

我坐到餐桌旁,拉开抽屉,找到一支烟,把它点燃。女人吃力地爬起来,带着满意的微笑走到火炉前继续做饭,把切好的菜扔进生锈的锅里,不时向我转过身来,只要我稍不留神就会遭到袭击,把她那条柔软可怕的大舌头伸进我嘴里,直到我呕吐,吐到厨房地板的油毡上。菜汤终于煮好了,我们一起用餐,味道并没有那么糟糕,尤其让我感到安慰的是,我还可以吃半个面包。吃饱喝足后我站了起来,准备离开。

"小爪哇,你哪儿也别想去!"她用温柔的口吻命令说。

"我当然要走!"

"去哪儿,亲爱的?"

"回家。"

"你家住哪儿?"

"墓地!"

"别走,亲爱的。你留下来跟我一起住吧,我的小爪哇!"

她边说边用肥肉征服我，我感觉自己被一棵用猪油点缀的圣诞树俘虏了。过了一会儿，我猛地从她致命的怀抱里挣脱出来，用力朝她屁股踢了一脚，而后一个箭步冲向屋门，拉开门，跑到了街上。

我又当了一天倒霉的临时工，为了换一口吃的，为了最卑贱的生存而丧失了自己所有的尊严，但是不管怎样，我吃饱了肚子并重获自由，所以悲愤中也带着成功的兴奋。我终于又能回到那个属于自己的地方，回到死人中间，回到痊愈者中间。我清楚地知道，这所有的屈辱遭遇，对我来说都是走向终极宁静的一次次考验，爬上生命巅峰途中的一道道关口。

回去的路上，我在人行道上捡到几只烟蒂，坐在墓地门口的长椅上把它们抽完，我为这该死的一天终于结束而感到高兴，终于又能回到自己的小巢，在那里满心期待地等候，不知道今夜那如同烬火般燃烧的黑暗又将为我带来什么。假如我把那里发生的怪事讲给别人听，恐怕全世界的人都不相信，没人会相信。

第十三章

我躺在床上，感到一股莫名的惊悚感，对自己生出一股从未有过的厌恶，因为所有的谋生手段实质上都是残酷的折磨，比最蠢的笑话还要糟糕，包括那头大象。唉，其实那个胖女人也挺可怜的，孤独寂寞……且不说她，先说我自己，我才是名副其实的倒霉鬼，为了搞到一点食物如此低三下四，忍受侮辱，不仅有身体上的，还有精神上的。最让人心痛的是，我迫不得已地陷入如此令人蒙羞的境地，像个被人利用的傻瓜，为了苟活挣扎，不择手段，日复一日地出卖灵魂，为了幸存下去而盲目地掉进一个又一个新的陷阱，连我自己都感到惊讶，命运为什么总让我跟世界上最大的白痴、坏蛋和不幸者相遇？也有可能，我之所以总遇到这样的人，是因为每个人的命运都如此不堪，但我实在渴望逃避这一切，逃离这些人和这些让我的灵魂伤得千疮百孔的窘迫处境。

现在，我重又蜷缩在这死气沉沉的洞穴里，在这里，我借助于死者的善良与慷慨来挣脱活人世界冷酷的漩涡。我终于可以喘上口气，歇息片刻，好好回想一下所发生的一切，同时在不断涌现出的记忆中等待，只是等待……我挠着胳膊、胸脯、后背和腿上的皮肤，真想从这副令人生厌的皮囊里钻出来，或者把它从身上剥下来，总之，我想摆脱自己身上的一切，摆脱这张满是污垢的脸，我为自己的丑陋感到羞愧，很想知道那位银发的黑衣绅士是怎么对待这些问题的。他无疑是经历过沧桑的人，他经受的苦难不会比我少，但他肯定不像我这么慌乱地挣扎，而是沉着地解决，勇敢地战胜；我很想知道他是怎么做到这一点的，老人看上去总是那么平和、开心，同时又不失庄重和威严，无论在什么处境下都表现得泰然自若、亲切和蔼、神采奕奕，他肯定知道些什么我不知道的秘笈，让他能够沉着应对世上所有的混乱、不公、丑陋和愚蠢。

这时候，我惊愕地意识到：我渴望成为像他那样的人，能够超越日常生活的愚蠢，不论生活中发生什么，都有足够的耐心和能力抓住关键，提纲挈领，四两拨千斤，聚焦于本质、目标、解决办法和通向成功的路，聪明地利用时间，让劳作最终变成快乐，从中获益，让目标尽可能变成现实；尽管他的境况并没有比我的好多少，因为我亲眼看到他也有敌人，甚至他的处境比我的更凶险,那些人到处搜查他,想要抓住他,他们之所以敌视他,就因为他们不能变得像他那样睿智。这位银发长者很令人敬重,他总是心态平和,波澜不惊,因为他总是站在另外的角度看世界,莫非他就是死亡本身?莫非他已然接受了死亡,并超越了它?他经受住了各种严酷的考验,不但没被摧毁,反而将苦难锤炼成荣耀;他看到的不是墓穴,而是蓝天,不是坠落,而是升华……于是我暗下决心,即使他今夜不来找我,我也要想办法找到他。

我辗转反侧,无法入眠,于是烦躁地下床,尽可能在墓室里直起腰,开始在墙上摸索,寻找缝隙,试图找到昨晚我曾进入过的那扇密室门,但是没摸到任何可抓的把手,没发现任何能推开的暗门,眼前只是一堵冰冷的墙壁,我一寸寸地触摸、敲打、叩击、抠弄,但还是什么都没有发现,最后我恼羞成怒,狠狠地朝那道阻挡我前往另一个世界的障碍物踢了一脚,又捶又踢地折腾了好一阵,直到手脚酸痛,累得筋疲力尽。

我未能找到那个曾向我敞开过的另一个世界,只得无可奈何地带着深深的叹息拥抱黑暗,拥抱冰冷的墙壁,默默祈祷那扇门会开,希望死亡能向我展示它的另一副面孔……就当我沮丧地认定自己的一切努力都是徒劳时,那位银发绅士重又出现,他饶有兴味地看着我恼火和绝望的样子，微笑不语。由于我正情绪低落地低头沉思，居然没注意到那扇连通隔壁墓室的门是怎么打开的。他领我来到门口，我又看到那个昏暗的地方，跟上次一样，我还是什么都看不清楚，无法确定那儿到底是一个什么样的地方，只是一脸疑惑地望着他。他耐心地等我开口，等着回答我的疑问。

"您能不能告诉我，这里到底是什么地方？"我终于忍不住问道。

"在你隔壁，我们是邻居。"

"您说我可以过来，可是我怎么找不到这扇门？"

"因为时机未到，你还需要修炼，你还活在凡间。"

"哦，我懂了……可是，我已经睡在这里了。"

"我们知道，"老先生微笑着岔开话题说，"看上去你很喜欢这里，感觉很好……"

"是的，"听到这话我有些激动，"我确实把这里当成了家。"

"真的吗？"

"您看，我之所以搬到这里，就是为了寻找安宁，但是直到现在我也没能找到。而你们看上去却已经……"

"是的，我们已经找到了内心的安宁。"

"……所以，我想知道，你们是怎么做到的？你们到底是谁？这到底是怎么回事？说心里话，我很想加入到你们中间，寻找自己的同类……"

"同类？你指什么？"

"嗯，我想说……内心安宁的人。"

"我能理解。年轻的朋友，你看，这并不是没有可能，但你必须先符合几个前提条件。"

"什么条件？"

"说来也很简单，你必须将世上的噪音、烦恼和混乱都抛到脑后，至少在你跟我们在一起时。"

"向您请教，你们是怎么做到的？"我真诚地问。

"我们也没做什么特别的，只是努力把自己磨炼成更完美的人。我们交谈、娱乐、工作，我们友好相处。如果你想加入到我们中间，那么你也要这么做。另外，你要帮助那些需要帮助的人，学会爱，学会接受并尊敬别人，包括你的敌人。这是一种教人向善的教育游戏，在这场游戏里，你可以是骑士或图书管理员，消防队员或护士，神父或军官，秘书或楼长，这都不重要。现在取决于你，你是否接受并怎样接受这一切，如果你能遵守这些原则，就不会有任何问题。那好，现在你认真地想一想，你愿不愿意这么做？"

"愿意！"我毫无迟疑地应道。

"肯定吗？"

"肯定！"

"那好，那就请你进来。"

他走进那扇小门，我紧随其后，当门在我身后关上时，他挽住我的胳膊，小心翼翼地在伸手不见五指的黑暗中向前走去，随后站住，他大声说：

"我把这位想做我们兄弟的年轻人带来了。他给我留下的印象是：懂得事理，心地善良。为了能够活下去，他每天接受各种工作的残酷挑战。他说他想成为一个更完美的人，想获得能让他从这种悲惨的精神状态中挣脱出来的美德。我已经见过他好几次了，感觉他已经下定了决心，想要加入到我们中间，恪守我们的原则，让自己变得更丰富、更善良，也更纯粹。所以我向大家推荐，请投票！"

我听到黑暗中有人交头接耳，我紧张得心脏砰砰狂跳。慢慢地，慢慢地，眼前出现了柔和的光，于是，我可以辨识出一些人的轮廓和我们所在墓室的样子，现在我看清了铺在地上的古朴美丽的黑色大理石地砖，在墓室四周的墙壁前，并排摆着一圈沉重的铁制大扶手椅，坐在椅子上的大多是上次曾用佩剑指向我的男人，不过，他们现在脸上带着微笑，这多少驱散了一些我心里的恐惧，我预感到他们会接受我加入到这神秘的团体。

"我的新朋友，放松一点，这里没有值得你担心或好奇的事。在座的有几位是跟我一样年长的人,也有几位跟你相仿的年轻人。过来吧,坐在这儿,用不着紧张!"

我坐了下来,打量在场的这些面孔。所有男人都穿着黑西装和白衬衫,佩戴黑色领带,穿黑色皮鞋。有几位在低声耳语,还有几位若有所思,还有人上上下下仔细打量我;过了一会儿,银发长者又站到我跟前,微笑着说:

"欢迎你,我们的新朋友!"随后所有人都站起身向我致意,我也赶紧站起来回礼。他们重新坐下,我也跟着坐下,这时候银发长者继续说:

"我们现在欣赏音乐。先为我们的新朋友演奏一首美丽动听的《安魂曲》。你喜欢音乐吗?"

"……对……当然……"我支吾道。

"那太好了。预备,开始!"

有一位老人站起来,走到墓室尽头的一个小平台上,风度优雅地坐下,开始演奏一架古老的手风琴,悠扬地奏起一首怪诞、动听、忧伤、我从未听过的亡魂曲,时而低沉、庄重,时而阴郁、忧伤,时而激情似火,最后像安德里亚·卢凯西①一样营造出生命结束后走向天国的祥和的气氛。

我很享受这音乐,同时又很紧张,因为在场的男子都很优雅,而我却衣衫褴褛地坐在他们面前,穿着从敬老院搞到的一身脏兮兮的浅蓝色西装。手风琴表演很快就结束了,大家鼓掌,银发的老先生站起来向演奏者道谢,然后转向其他人说:"现在大家可以尽兴地交流!"随后,他走到我的跟前说:"假如你需要我的帮助,请尽管告诉我,如果我能够帮助你,那么我很乐意效劳。"

"可是,我不知道该怎么讲……或许我该穿一身能与你们匹配的像样衣服。"

"哦,这当然。我很愿意送你一身礼服,这里要多少件就会有多少件!"说罢,他扭头跟一位年轻人说了一句什么,那人向我打了个手势,要我跟他去。

年轻人拉开一扇通向仓库的门,我紧跟着他。仓库里井井有条地摆着西装、外套、礼帽、帘子、木箱、骷髅、杯子、盘子、蜡烛台、镜子。他翻找了一会儿,将几件西装、衬衫搭在胳膊上,手里拎着一双黑皮鞋转向我。

---

① 安德里亚·卢凯西(1741—1801),意大利作曲家,曾到伯恩接替贝多芬的祖父担任波恩的宫廷乐长,1771年为蒙特亚莱格雷公爵的国葬创作了一部使他乐坛留名的《安魂曲》。

"请您试试!"说罢,他丢下我走了。

我一件件地试了西装和衬衫,感觉很奇怪,因为这些礼服都还很新,而且跟我以前穿过的很不一样,感觉自己在灵堂里,但也正因如此,我可以更近距离地接近死亡,接近美好而有尊严的过去。总之,我换上了最合身的一套衣裳和最合脚的皮鞋,然后回到墓室内其他人身边。

银发老先生在等着我,他笑逐颜开地说:"噢,你看上去还真是焕然一新!我很高兴,你穿这套旧衣裳这么合身!"

"谢谢!我该怎么感谢您?"

"用不着谢,要谢你就谢所有的人。先谢你自己,然后再谢我们……好吧,来日方长。如果你有兴致的话,可以熟悉一下环境,跟大家聊一会儿天,我们今天的聚会很快将要结束,大家告辞回去,你也早一点休息,忙了一天肯定很累,对吧?我们反正还会见面的……"

"好的……谢谢。"

我在这座辉煌而神秘的宽敞墓室里环视了一会儿(这里既像一座拥有几百年历史的老教堂,又像一个简陋的石匠工坊),说心里话,我很敬佩在座的这些陌生男子,他们在这里为了战胜死亡而努力修行,同时我也渴望回到自己的小小帝国，让每个骨节都能平摊在床上。所以我留下待了一会儿，毕恭毕敬地跟几位新认识的朋友交谈了几句，然后向他们告辞，慢步朝门口走去，悄悄地离开。

我刚一走出那间墓室，身后的门就立即消失了，我又回到自己这间阴冷潮湿的墓穴，好像刚在隔壁发生的怪事根本未曾发生过。然而我并不怀疑它确实发生了，因为身上的新衣服就是证据。天哪，真是天下无奇不有，我暗自惊叹，随后收拾了一下自己的小床（木板、衣物和破棉被），使劲伸了一个懒腰，心里洋溢起一股令人愉悦的安宁，随后惬意地躺下。原来，世上存在跟我一样的疯子！我得意地想着，很快坠入甜蜜的梦乡。

第十四章

　　的确,除了我现在穿的衣服要比之前的好了一些,并未发生任何真正的改变,现在我看上去充其量像一个半疯的掘墓人,一个被插在地里吓唬麻雀的稻草人,一个以乞讨为主业的流浪汉,顶多在扮演不同角色之间的空暇里,可以快乐地围着墓地跳舞,用自己的疯狂划出自己的地盘,在疆界以内有自己的法规。这里是黑衣人的天堂,不是人间,至少不是地狱,即便他们是凡夫俗子,丝毫也不眷恋红尘,在他们看来,人世间既无聊又狭小,人活着的时候,总以为生命理应美满而永恒,事实上生命短暂,红尘只是一块跃入虚空的跳板而已,除非我们能够充分利用造物主赐给我们的有限时间,从这个看似寂寥、没有意义的大千世界里发掘生命的本质:不懂死亡的人便不懂得生活,没有死亡的人生是不完美的。

　　现在我茅塞顿开,对此坚信不疑:生命的本质不是别的,正是住在隔壁墓室的那些亡灵们指点给我的那些东西，一种感觉，一条路途，一种意义，它之所以令人敬畏，正因为它美好、睿智和强大；假如它并不具备这些令人惊叹的美好特性，比如人性、理解和爱，那么我早就逃之夭夭了，但是感谢上帝，我在这个神秘的群体身上看到了什么，感觉到了什么，并且学到了什么，我的灵魂因此感到充实。感谢上帝，他们已经接受了我，让我能跻身于死者中间，这表明我也已经做好了准备，准备跨入虚空，回到初始，或者说，我可以从另外的角度审视周围的一切。我真想大声喊着跳出自己的这副皮囊，脱离这个世界，终于能够死去，我想告诉人们：我之所以去到你们中间，是想向你们展示生活的美好一面，并且告诉你们，不要害怕，因为没有什么可怕的。如果你们来到这里，来到墓地，哪怕只动了一下这样的念头，你们的灵魂都会变得高贵一些，你们会感觉到自己强大无敌，不可战胜，不幸也只是美好的阴影而已，光明总是会多过黑暗，因此没有必要痛苦绝望，但是你们必须工作，这比痛苦绝望更有意义。记住，用我们内心的光亮抵抗黑暗……我耳畔听着自己高亢的台词，就像听劳伦斯·奥利弗①自导自演的莎士比亚剧。

只是,就在这时,就在这一刻,我躺在昏暗的洞穴里,饥饿又像匕首一样刺进我的脏腑,我意识到自己又要出去了,我不得不离开这个安全的小窝,又要去到那个该死的世界为生存而战;终于,我鼓足了勇气。

没过多久,我又坐到墓地大门外的那条长椅上,沮丧地盘算:现在我该怎么办?怎么才能不让自己饿死?因为我不想这样可怜地死去,如果要死,我也想选择一种更有尊严的方式。这时候,我看到有一个小个子女人在向这边挪动,离我越来越近。这是一位漂亮、瘦小、羸弱的小侏儒,带着一副深陷的、充满忧伤的黑眼圈,当她来到我的跟前,站在那里,眼泪汪汪地看了我很久,然后伤感地说:

"这世界为什么这么糟糕?"

"您指什么?"我谨慎地问。

"唉,所有人都说谎、欺诈、偷窃、蒙骗、利用……"

"这世界其实没那么糟糕,只是因为您自己的情绪

---

① 劳伦斯·奥利弗男爵(1907—1989),英国著名演员,导演。1948年因自导自演《哈姆雷特》而获奥斯卡最佳男主角奖和最佳影片奖,两次获得奥斯卡终身成就奖,三次获得金球奖,五次获得艾美奖。在漫长的艺术生涯里,他塑造了从希腊悲剧到莎士比亚戏剧,从文艺复兴喜剧到现代戏剧的许多经典角色,被认为是20世纪最伟大的戏剧演员。

不好才这样觉得……"我试图安慰她。

"不是我把它看成这样,而是我确实生活在这样的世界。"

"那就应该改变它!"

"我试过,但不可能……"

"怎么不可能!谁骗了您?"

"所有人!首先是我的恋人,一个男孩,他是世界上我最爱的人,我真的很爱他,非常相信他……"

"后来呢?"

"我们一见钟情,随后他搬到我的住处。那是一节废弃的旧车皮,我在那里已住了一段时间。我们俩过得幸福快乐,直到有一天我回家,看到他跟另一个女人在"练体操"。我两腿一软,跪在那里哭了,问他为什么这么对待我?他只是冲我凶巴巴地吼叫,然后拿着我的钱走了。从那之后我再没见过他……"

"我理解您。但不必太伤心,以后还可以再找一个,找一个比他好的!"

"说得容易,我上哪儿去找?什么时候能找到?有一次,有强盗去我那里打劫,就因为没找到值钱的东西,结果把我揍了一顿。除了这种倒霉事,我还能遇到什么?"

"总有一天,失恋也会像伤口一样愈合,所有的不幸都会过去，变得不再重要，不管是男孩还是钱，什么都不重要……"

"那又会怎样？"

"会把恐惧从心里彻底清除掉。"

"那您能不能预测一下，这种事将在什么时候发生？"

"预测？"

"对啊。您不是占卜师吗？"

"哦……对，当然。我来给您看看手相！"我怔了一下，马上将计就计。

她把手背伸到我的眼前，然后翻过来，掌心向上，让我给她看手相。在她的手掌上有一道深深的伤疤。

"您的命以后会很好。"我嘴里这样说，心里却落下同情的泪。

"是吗？您看到了什么？"

"我看到一条很漂亮的生命线，有一半断断续续，毫无疑问，因为您过去承受了许多痛苦，但是从今往后会很顺利，您会过上您做梦都不会想到的好日子。"

"真的吗？您还看到了什么？"女人的眼里忽然有了光亮。

"我还看到，男孩将会回来，他不仅会带回您的钱，还有安宁。你们会过上幸福的生活，不是在那个肮脏、阴冷的旧车皮里,而是在一套漂亮的小公寓……"

"您能肯定?"

"当然能……"我顺嘴应道。她高兴地扑到我怀里,劈头盖脸地亲了我一通。

"好了,您赶紧走吧,现在我必须开始工作……"我说。

我终于连哄带骗地把她支走了,我为自己的"新职业"感到惊愕。我坐在那里,紧张地等待新的猎物,并寄希望于下一位能付我点钱。

没过多久,来了一位衣着考究的男子,他一言不发,径直走到我跟前,用雨伞狠狠地打在我的脖子上,然后继续脚步匆匆地往前走。我这才意识到,做这一行也不那么容易。我在长椅上坐了几个小时,忐忑不安地等待猎物出现,这时候,有一位老妇从墓地里走出来。

"夫人,"我用轻柔的语调跟她轻声地打招呼,"您想不想让我给您占卜一下未来?"

"给我占卜?有什么必要?!"

"哦,可以让您知道,会有什么好事在等着您。"

"只有死神在等着我!这用不着你来占卜,我也只等他了!"

"即便这样也没关系,我可以预测死神什么时候来接您。"

我能够看出，我的这句话把她说动了，她开始犹豫……

"嗯，那好，如果你很想占卜的话……"她说着坐到我旁边。妇人面黄肌瘦，六十岁上下，脸上皱纹密布，皮肤像岩石一样粗糙。"你要知道，我已经迫不及待地等着躺进我的坟墓……"她用下巴朝墓地方向指了指说。

"让我来看看您的掌纹。"我一本正经地说。

她伸出手掌给我看。她的手掌是那样的平滑，连一条皱褶、一道纹理都看不到，估计由于常年劳作，掌纹全被磨光了。

"天啊，怎么会这样？"我说，"您确实没什么好担心的了！"

"你为什么这么讲？"

"因为我看到您已经准备好了跟死神握手。"

"说的就是这个！让生活见鬼去吧！我早就活够了，厌倦了世间的一切和所有的人！对我来说，我丈夫是唯一重要的人，但是他已经去世了，现在我做梦都等着尽早躺到他身边……"

"他在哪儿？"

"跟我来，我指给你看……"

我们边说边走进墓地大门，她打着手势继续说，她已经没有能够让她挂念的亲人了，连只猫狗也没有，我们走到我住的那座坟墓前。

"就在那里，看到没有？我想尽早躺进那里！那是我的归宿。我已经攒够了下葬的费用，只等咽气了，然后……"

真他妈的见鬼！我心里叫苦不迭，如果这个老妇人真的死了，我就得被从那里揪出来，墓穴的洞口会被用砖砌死，我的小窝和我的午夜历险便会到此结束。我强作笑颜地抓住她的手：

"尊敬的夫人，可是您还这么年轻，这么漂亮！充满了能量、美和生命力！死神离您还远着呢，您为什么会说这样不吉利的话？"

"你这说的是什么鬼话？你刚刚跟我说话时还那么通情达理，理解我为什么想死，现在为什么又鼓励我活下去？"

"不是鬼话，这是大实话！您想死的愿望只是一时的念头，因为您很孤单。事实上，您是一位很讨人喜爱的出色女性！您需要爱情，而不是死亡。"

"我这把老骨头，谁还会喜欢我？"

"当然有人，比方说……我一见您就有好感！我相信，喜欢您的男人即使不以万计，也会以千计！"我信口开河地恭维说。

"即便真有人喜欢我,那也没用,因为有一点可以肯定,我不会再喜欢任何人!我只想去死,这是我生命中的最后愿望!我只想早一点躺进坟墓,躺进棺材,跟我丈夫一起,越早越好,而后让所有的一切都见鬼去吧!"

"可是,我说的是真话,我还从来没见过像您这样有魅力的女性!我可以陪您回家吗?"

"哦,可以,但有一个条件,你要向我承诺:到了我家里,你要帮助我上吊,然后再帮我办理下葬手续,让我尽早躺进去。我会付给你报酬的,包括安葬费,我连棺材都备好了。"

"可是您应该好好地活下去!说什么上吊?即便您真的想死,我们也可以谈一谈。您的掌纹显示,您的生活现在才算真正开始,刚刚我没想立即告诉您,要知道……"

"那好,你赶紧告诉我看到了什么?"

"巨大的成功,历险,旅行,我看到了好多,而且全都是好事!等我陪您到家后,我会详细告诉您……"

我终于成功地说服了她,至少让她对上吊的念头有所动摇。她耸了一下肩膀,挥了挥手,让我跟她走。很快,她带我来到一间霉味很重的地下室,里面几乎没有家具,破旧,灰暗,没有值钱之物,但整洁得近乎病态。

"我一天到晚都打扫、擦洗，"她说，然后让我坐下，"难道这就是生活吗？我一辈子都在打扫卫生，洗洗涮涮、熨衣服、消毒、粉刷。我受够了！我再也不想过这种日子了！明天我就去把墓室里的墙壁粉刷一下，整理干净，然后回来上吊，让自己也终于能躺下来休息！"

"从您这样一位美丽的女士嘴里，怎么会说出这样可怕的话？"

"美丽？你说我美丽？你在说什么胡话！就我这张老脸，在你眼里很美丽吗？"她激动地叫嚷，开始脱掉衣服，摔到地上。"那好，既然你真这么认为，那就跟我来一个回合！"她愤怒地尖叫，像个发怒的女巫。看到她干瘪、皱巴的衰老身体，我差一点昏倒。

她好像突然魔鬼附体，冲到我跟前想要吻我，幸好我及时退了一步。她再次发起进攻，我继续后退，直到脊背撞到冰凉的墙壁。她仍不罢休，还想吻我，我在最后一刻又躲开了她，逃到房间的另一个角落。她赤身裸体地开始狂追，手里攥着一把鸡毛掸子，她想用它打我，于是我俩一前一后地在房间里转圈。她还是抓住了我，将我扑倒在地板上，气喘吁吁地试图征服我。最后，女巫终于骑到我的身上，疯狂地让我享受胯下之辱。

她尖叫、呻吟了很长时间，这才精疲力竭地向后倒下，假牙从嘴里滑脱出来。我躺在地板上，惊惧地看着她，不知道接下来会发生什么，不知道她是否达到了高潮，会不会再次发起进攻。但是幸运的是，她清醒过来之后，就像一个尽兴之后的正常人那样站起来，走进浴室。过了一会儿，她从浴室出来，进到厨房，开始焦虑不安地收拾这收拾那。

很快，一股诱人的饭香在这套经过精心打扫过的公寓里弥散开来，这间地下室跟我栖身的墓穴差不多大，而且同样地昏暗、霉臭、绝望和孤寂，只是没有那种只有坟墓才有的令人汗毛乍起的惊悚气氛。我在屋内环顾了一圈，当我回到厨房里时，她已经在餐桌上摆好了汤、蛋糕、蔬菜和葡萄酒。

"吃吧，你这个穷鬼！"她刚一坐下，话音未落，就开始狼吞虎咽，她咀嚼、吞咽的样子看上去就像一头野兽。我也跟着坐下，开始用餐。味道确实很不错，我吃得津津有味，很久没有享用过这样的美食了。尤其是葡萄酒，口感很好。顿时，我觉得刚才受到的惊吓和欺凌都很值得。

我不时抬眼看她，但是她避开了我的目光。过了一会儿她站了起来，又开始焦虑不安地擦洗、收拾、打扫。

"这样下去不行!"她不知所措地说,"你骗了我,你这个混蛋!你搅乱了我的计划!我已经准备好了迎接死亡,可是你突然闯进我的生活!现在我这副样子,怎么能躺到我丈夫身边?怎么能跟他合葬在一起?作为一个婊子吗?我一辈子对他都很忠诚,现在却上了你这个流氓的圈套!我的主啊,我该怎么办?"

"我是为你好,求你不要那样!"

"不要哪样?"

"不要上吊!"

"为什么?"

"因为不管谁上吊自杀,以后都会被邪灵找到,被涂上秽物和泥浆,蛆虫蛀蚀他的大脑,甚至,过了一段时间之后,野狗和野猫会在他的坟墓上撒尿,耗子会钻进他的肠胃里,并在那里安营扎寨,带来那么多的病菌,脏得超出你的想象!"

"真的吗?"

"当然是真的,自杀者的宿命都会如此。如果一个人正常死亡,就不会这样。圣经里说,自杀就是谋杀,死后是不能上天堂的。"

"你能肯定?"

"百分之百肯定!我当然知道,我就住在墓地里……"

"你住在那里做什么?"妇人不解地问。

"管理墓地。"我顺口编了一个谎。

"有人付你报酬吗?"

"有的人付,有的人不付。不管他们付不付,我都会一样好好地管理。"

"唉哟,我的上帝,那你肯定也会愿意帮我看管我丈夫的坟墓,对吧?"

"当然!"

"那好,能否请你帮忙,把现在睡在我床上的那个混蛋赶走?"

"让他睡在那儿又有什么关系?"

"你这个没心没肺的家伙!"

"好了,您听我讲!您想要安息的那个坟墓,是世界上最被诅咒的那一座!又脏又臭,因为每个人都把它当成厕所使用!"我故意吓唬她说。

"我的天啊!可别这样!"

"但是确实如此。不过,如果您希望我帮助您,我可以每天夜里都守在那里,不管谁想在那里干什么,我都把他赶走……"

"您真能帮我看管吗?"

"当然可以,因为我爱您!但请您先给我再倒一杯红酒……"

老妇人倒酒,想了想问:

"我该付您多少报酬?"

"您付多少都行。但是您要向我承诺,您不会上吊,因为跟您实话实说,像您这么充满激情的小可爱,我还从来没遇见过……"

她沉思了片刻,之后恐惧和希望同时战胜了她,于是她冲进后面的屋里,取了一捆钞票回来,扔到我面前的桌子上。

"你听我讲,你这个混蛋!我把我所有的钱都给你,但要把墓室给我看管好,不然我就要你的小命!因为现在这对我来说最重要。因为我也想在那里安息,睡到我丈夫身边。如果那里被弄脏了,有尿臊味,我即使在死人中间也会复活,把你的屁股踢烂,你听懂了没有?"

"我听懂了。没有问题!还有肉吗?"我问,趁着她在锅里扒拉的时候,我把钱揣好。我又坐了一会儿,然后站起身来,准备告辞。

"你这是去哪儿,你这头蠢猪?"她举起粉红色的掸子威胁道。

"我去整理您的墓室。"我说。

"现在你哪儿都不能去,留在这里,陪我再来一个回合。"她说着又开始脱衣裳。

"等明天吧,好吗?等我回来告诉您……"

"不行!就现在,你这头猪!你已经搅乱了我的生活,不能说走就走!"她冲我嚷道,随后劈开腿坐到长沙发上。

"现在我真的不行了,又累又脏。你能闻到我身上有多臭吗?但是只要我睡上一觉,明天肯定可以……"我骗她说,随后迅速溜出房门,逃离这个古怪、洁癖的妇人,这个精神病的化身,我一口气跑回到墓地。

我必须正视这个现实:我陷入了真正的危险,因为我遇到了坟墓的候选居民,我"新家"的女主人,她一旦搬进来,我就真的完蛋了!我这么想着,四仰八叉地摊在小床上,将臭烘烘的被子拽到脖颈;鬼知道这条给我可怜的躯体以温暖的棉被,曾有多少人裹着它咽下最后一口气。但不管怎么样,它很暖和,很舒服。

第十五章

我怀着一股莫名的庄重感和盛大感躺在我的小窝里,享受自己灵魂因幸福而感到的酥痒悸动。不管怎么样,我想办法摆脱了这间墓室的女主人,至少拖延了时间,让她暂时远离这个她渴望立即迁入的永恒的家。我希望她长寿,希望能用我的方法给她注入活下去的力量,要知道,她生命的终结也将意味着我的终结。与此同时,我心里还充满了一股巨大的、用什么都不可能与之交换的快乐,原因很简单,我弄到了一大笔钱,现在不需为任何事担心,不用再担心物质生活,只要我自己不彻底自暴自弃。慢慢地,我忘记了对墓穴女主人所做的承诺,忘记了自己承担的责任,也不再为此有任何不安。想来,我内心的感受已经发生了翻天覆地的变化,情不自禁地开始为自己作为流浪汉遇到的天大幸运而高兴不已。我已经完全被这种全新的感觉所淹没……忽然,我听到从较远的地方飘来的乐声,那是一种格外悦耳、简单、优雅、有趣的音乐,旋律里包含了我所感受到的一切，既简单又宏大，直抵心扉又盛大庄严，实际上那可能只是一首非常简单、短小的钢琴曲。然而，当我闭目聆听的时候，我心满意足地长舒一口气，一种好似烬火般殷殷燃烧的快乐完全充满了我的灵魂。

这时有人轻轻拍我的肩膀，我抬头看时，那位银发老者已经面带微笑地站在我跟前，我看到他身后的密室门敞开着，他招呼我进去。我立即从床上爬起来，从容地迈开脚步，这时候，音乐声变得越来越响亮，他领着我走进伸手不见五指的厅堂，与此同时，恐惧与新生的喜悦在我体内交织，我等啊，等啊，想知道将要发生什么。

这时候，有一个声音在黑暗中响起，问我是否真的已经慎重、仔细地思考过我曾多次表达过的愿望？我是否发自内心地真的想死？至少从某种意义上讲，我想要熄灭现实的生命之火以获得新生，而这新诞生的生命不再依赖于肉体，不再受制于金钱，不再取决于任何的外部条件，因为它远远超越于所有的一切之上，因为那是一个全然不同的维度。在那里，人们会毫不掩饰地对这些问题报以发自内心的、朴实、天真、开心的笑声，因为他们已经扯断了缠绕在身上的那些没用的藤蔓，以及那些在日常生活中难以摆脱的令人窒息、可以耗尽体内最后一滴血的繁思琐念。

我怀着由衷的巨大快乐和真诚回答说:"是的,没错,我渴望这种死亡!假如这真的是死亡,而不是重生。"

随后那个声音提醒我,这是一条不可能回头的单行道。尽管这也是事实,对于那些懂得生命真谛的人来说,他们的脑子里也不会动"回头"的念头。其他人反正早早晚晚都是堕落,因为这是一个简单至极、有着严格法则的世界,虽然这些法则并不是由某个人制定的,但对于了解其真谛的人而言,这些法则还是很容易掌握和遵循的,因为它是"心之法则",属于高尚心灵,假若我愿意遵守它,即便我不可能从中获得任何立竿见影的现实利益,但它能让我的内心变得更饱满、更快乐、更满足、更富同情心、更冷静、更具观察力,总而言之,会变得更加公正,更加美好。

"那好,现在我再问你一遍,"他再次问道,"你愿意加入到我们中间吗?"

"当然,我愿意!"我郑重地回答,"不然我就不会来到这里了,也不会住在墓穴里;如果我不愿意,我的内心也就不会将我放逐到这样阴森的地方,而早就去了别处,随便哪里,只要能获得一点好处、利益、轻浮的快乐和忧伤就可以了,而不会另有诉求。"我接着又说:"自从我搬到这里与你们为邻,我感到自己不再孤独,要知道这是我做梦都不敢想的事。自从认识了你们之后,'向死而生'的渴望和决心在我心里变得愈加明晰、愈加成熟,因此,我没有理由犹疑不决,即便你们不接受我加入到你们中间,我的内心仍然会归属这里,即便我不能跟你们在一起,那也没有问题,即便我形单影只地盲目寻找,也能用我的心找到那条隐秘的道路,这一点你们很了解我。现在我清楚地感觉到,甚至,我清楚地知道,我们抱成一团,能够更加轻松地战胜一切,会让日子变得更美好更温馨!别的不说,就因为你们中的大多数人已经从头到尾走过了这条我刚踏上的路,尽管我并不清楚这条路通向哪里,路有多长,有没有尽头,但感觉到了引导我前行的永恒之光,我相信心灵正引导着我,走向正确的方向,因为我多次体验到,如果我做错了什么,内心就会更加痛苦,我如果杀了人,会觉得被杀死的那个人是我……因此,即便出于极端自私的理由,我也想让自己变得更好!不管这话听起来有多么白痴,我都要说,因为只有这样,我才能以最美好、最高贵的方式挣脱掉自己凡俗的命运,让自己不再像一个无依无傍的可怜虫那样从梦里醒来,可以让自己的目光超越日常生活,超越物质世界,超越利益和为生存而战的残酷搏斗,让自己能够看得更高更远,甚至,没有谁能再阻碍我将自己的目光投向蔚蓝的天际。

只是生活不是白纸黑字,并非不言自明,真谛不会摆在桌面上,一个人必须先要沉溺于困难、烦恼、痛苦的泥沼,而后才能够站起身来尝试逃脱。也许,这时候周围会立即有人对我冷嘲热讽,毒言恶语,但是我心意已决,即便被烙铁烫、烈火烧,惨受非人的折磨,我也走定了这条路!"

"那好,这样最好。"那个声音刚一落下,就有一把匕首抵在我胸口。

我并没有受惊,而是轻轻一笑说:"我不害怕,早就不怕了,因为我没有什么可怕的。"

这时候,有人点燃了一根蜡烛,之后又点燃一根,又一根,他们点燃了许多根蜡烛,直到我能够看清这里的一切。眼前的场景跟昨夜的一样:还是那位银发老先生站在我跟前,面带微笑。其他人将我们团团围住,脸上挂着同样庄重的微笑,随后他们离开墙壁前的座椅朝我走来,拥抱我,欢迎我。欢乐、简单、优雅的音乐再次响起,这时候,他们让我坐下,跟我推心置腹地彻夜交谈,心扉洞开,无所不谈。这时候我已经知道并感觉到,此时此地,已经发生了更多的什么,因为我获得的不是别的,而是战胜恐惧的力量。

我遇到的这些奇人都跟我有着相似的经历,尽管我没有仔细询问,但能够确信,他们也都曾蜗居于洞穴,他们也都跟我一样是按照自己的意志死亡的，为了能够在这里重生，为了自己，为了彼此，为了普照整个世界的光明。他们住在这里，是为了能够聚精会神地修炼内心，将自己与外部世界的噪音彻底隔绝，在这里，他们只在乎自己灵魂的所思所想，为了能够尽可能快地跨入虚空，成为一个"零"，一个能够将所有本质都圈入其中的、完美而无限的圆，一条并非用来束缚、而是用来解放并进入无限的链条，一个看上去自己什么都不是的圈，既不在地下，也不在空中，不在任何地方，只在我们心里，在每个人的心里。你只需往前迈一步，迈出坚定果敢的一步，朝着光明的方向，脱离所有的旁枝末节，脱颖而出，出淤泥而不染，彻底敞开心扉，让一切都置身于光明中，无限里，虚无间，置身于那含义无限的"零时空"里。在现实中，不管你相不相信，不管你死了没死，其实都已无所谓，最重要的是，一个美丽的圆，对于圈里的人来说是"零"，对于圈外的人来说也是"零"，即使你把它里外翻一个个儿，也无所谓；这一点比什么都更重要。

第十六章

再醒来时,我的心情相当不错,因为昨夜的怪事和藏在心中的秘密还在悠然回响,继续演绎。我心怀喜悦和温馨地回想那些怪事,回想那个神秘而朴素、富于人情味的场景以及我结识的那些绅士。我感到充满激情与自信,并且暗下决心:我必须要让这一天过得有意义,必须做一些重要的、与以往不同的新的事情,不能只是痴人说梦,而要具体地做些有意义的实事,等待我的将是某种能够理解、把握和阐释的生命情感,是通过无私、善良所实现的建设性作为。

就这样,我从栖身的地方钻出来,散步到墓园门外的长椅前,然而就在这时,我突然变得拿不定主意。难道我再次坐到那里,等待好运到来?还是主动闯进世界,寻找自己最需要的东西?我斟酌再三,最终决定在一张纸上写一则"启事":

亲爱的朋友,如果您有一颗纯洁、善良的心,我很愿意帮助您！

写好之后，我把它放在身边，坐在长椅上耐心等待，等着有谁陷入困难的境地，向我求助。但是行人穿梭，来来往往，有几个人读了我写的"启事"，但都不讲话，只是不解地摇头眨眼，显然他们心里怀疑：这种白痴到底能够帮助谁？怎么帮助？更糟糕的猜想是：这个疯子肯定只是想找一个借口进入别人的公寓，伺机行窃，调戏女主人，伤害他们的孩子。

我白白坐了几个小时，看上去比一个真正的杀手还可疑。我等啊，等啊，终于等来了一位年长的先生，他读了我写的字条后，非常友好、非常和蔼地开始跟我搭讪。他先询问了我的一些情况，最后忍不住告诉我：他急需帮助，因为他有一家公司，而他的一位不负责任的雇员突然甩手不干了，如果他不能及时聘到一位新雇员，他的公司就将面临破产。

我怀着助人为乐的愿望打起精神，微笑着说，我很愿意帮助他："您不用担心，我善良的朋友，我会尽力帮您处理好一切，让您的公司正常运转。要知道，我们之所以善良，就为了能在困境中彼此相助。您要知道，安排我们认识并派我来帮助您的不是别人，"我说着朝头顶上空指了指，"正是我那位坐在天上，坐在最高处，坐在天堂宝座上的顶头上司。毫无疑问,他能从那里看到一切。"

听到这话,老先生的脸上浮现出感恩的深情,十指交叉地紧握双手,做出一副祈祷的样子感谢再三,随后我们立即动身。步行了很长一段路,我们走到一片废墟前,那里除了一堆砖头和几堵残垣断壁外,什么也没有,只有世界上最变态的疯子和最癫狂的白痴会把那里当厕所使用。

他看出我脸上不解的神情,于是向我解释,这就是他的公司,一座公共厕所,他差一点就能得到经营许可,只是需要一大笔投资,还要办很多手续,但是不管怎样,他都将把它装修好。没错,他要在这里建一座三层楼的豪华"厕所中心",这一点可以保证,工程一旦竣工,他将任命我担任总经理!只是目前,我们必须先在这样艰苦的条件下工作……但是,项目一旦完工,开始营业,生意很快会像火箭升天似的突飞猛进……最后,他终于拐弯抹角地吐露了实情,是的,他希望我来管理这个废墟,我的主要职责是"看厕所",既然我有一副这么好的心肠,既然我想要帮助他,当然,收入的一部分也归我,因为他并不想让我义务劳动。

不管怎样,我努力让自己相信了他,尽管他那番话里没有一个词能够让人相信,我还是决定当一次"鼻子上挂胡萝卜的驴子"。我坐到废墟门口,将一个铣铁皮的盘子放到一张快要散架了的小板凳上,静候客人们上门,但是没有人来,于是他又让我整理废墟,清理卫生,我用怪异的眼神看着他,显然他比我想象的要更顽固也更狡猾。但是,我既然已经答应了他,活儿还是要干,我振作起精神,将废墟里的垃圾、木头、废料运走,还有黏稠、恶臭、多得吓人的粪便,我怀着巨大的劳动热忱卖力地工作,至少希望自己能把这个不幸的人从眼前的困境中解救出来。当我干完活后,残垣断壁和周围的环境都变得干净、整洁,我已经累得筋疲力尽。这时候他说:

"太好了,如果能在墙上画上些画,肯定能够吸引来客人,因为男人们不喜欢对着一堵空墙解手,现代人的生活越来越讲究,也越来越难伺候,不仅是婴儿,连大人也习惯了用纸尿裤。"

于是,我掏出昨天得到的一沓钞票丢给他,算做投资,让他去买彩色涂料,用来美化我们的房子。他顿时喜笑颜开,拿着钞票走了,过了一会儿,他买了好多东西回来,我立即开始挥笔涂抹,美化废墟,他只是坐在那里不停地抱怨,抱怨这个世界太不公平,为什么他总是一无所有,为什么就连这个白痴都这么有钱,而且有这么一大叠,他为什么没有?

我不理睬他，只是埋头工作。当我涂完了残垣断壁，已经累得腰酸腿疼。我来到院子里，准备在一盆雨水里洗一下手，然而他说，我不能用那水洗手，因为那是留给客人们用的，因为这里没有别的水源，他们只能在这里洗。我强咽下火气，没有发作，用怀疑的眼神看着他；他只跟我说了一句："现在你该坐到门口去了，客人们很快就会来……"

"真的吗？"我半信半疑。

随后他跟我解释说，他刚才花了一半的钱买彩色涂料，用另一半钱买了些老鼠药，他已经把药粉撒在了周围的居民区，撒在了商店、街道和井水里，他阴险地说："现在他们肯定会来，会有疟疾的症状，我们只需要坐等收钱，想收多少就能收多少。"

听到这话，我彻底懵了，我被他出乎意料的邪恶激怒了，一个箭步冲过去，对他发起绝望的一击。他倒退两步，抄起一块砖头，但没有等他砸过来，我紧接着又是一拳将他击倒，随后扑上去拳打脚踢。等终于打够了，我用一根绳子缠住他的脖颈，把他绑到门框上，随后我找到了老鼠药盒，里面几乎空了。我用力掰开他的嘴巴，把残留的药粉倒进他的嘴里。做完这些，我的火气才稍得释放，满意地舒了口气。这个畜生罪有应得，我替附近的居民报了仇，过几天，他将在这里腐烂变臭。

我胸中的怒气终于平息下来,开始理智地思考问题:一个人有没有必要在不清楚对方真实意图的情况下跟陌生人打交道?通过这次教训我意识到,世界上这样的畜生还有成千上万,我不可能凭一己之力改变世界,但至少可以尽一己之力多惩罚几个。我决定从自己做起,让世界变得更美好,哪怕自己最后走上绝路。我想,只要我自己能够变得更好,这世界的状况便会因此而得到些改善。我意识到,以后我要尽量避开这样的白痴,因为这种混蛋会从世界的各个角落冒出来,会像熔岩从火山口喷出,所以我能将自己的小巢守护好就已经不错了……想到小巢,我就有了动力,我肯定能把它守护好。这种白痴很危险,如同撒旦;撒旦至少没他这么蠢,没他这么简单,他要比地狱里最可怕的妖怪还要可怕,更乖戾莫测,坏得无以复加。我又开始为废墟附近的居民担心,再怎么说,买老鼠药的钱是我给的,为此我感到内疚。

终于,我回到自己的藏身地,疲惫地躺下,用手指轻轻触摸墙壁,在那里,等一会儿我可能会跨进另一个世界……我昏沉沉地睡去,在梦境里,毫无疑问,只有美好而缓慢的上升、飘浮、飞翔,始终向上,只是向上,越来越高。

第十七章

"请你坐在位子上等着,今天有工作要做。"他们这样叮嘱我。于是,我静静地坐在另一间墓室内,坐在一把又高又宽、相当舒服的铁制扶手椅里。

那扇门是在这天夜里自动打开的,我小心谨慎地走进去,大家态度热忱地欢迎我,不带任何造作的亲热,没有丝毫疑虑。"今天有工作要做。"他们跟我这样说。

"什么工作?我们要刨地,挖土,还是砍树?"我试图用开玩笑的口吻问他们。

"修炼自己,"他们解释说,"剔除自己身上的缺陷,改正自己所犯的错误。想来你自己也看到了,这个世界并不那么完美,即便我们做不了更多,但至少能够修炼自己,反省自己,正视我们自己的盲目、鄙俗和软弱,让我们接受人类的基本原则,不相争相斗,换句话说,我们要拓展自己自由的空间,但要以不损害别人利益为前提。"

"好的,那就让我们修炼吧,"我欣然应道,"但是，应该怎么修炼？"我认真地问。

"你只需要坐在那里听着，之后你就会知道了。"他们说。

这时候，一位年轻人走到墓室中央，开始授课："我的亡兄亡弟们，你们好！我很高兴能跟你们在一起，在途中的某个地方，我们的身体机能还在运转，我们的灵魂已经不再追逐无意义的目标，因为它已经足够成熟和强大，以至于能够直面飞逝的时间而变成光明。我们能做的事情是那么有限，也正因如此，我们必须利用有限的时间和精力多做一些善事，直到我们最终安息。

"我们要从历史中吸取教训，为美好的目标而战，这对我们来说至关重要，我们必须坚持不懈，不断修炼自己，赋予我们灵魂以尽量完美的形式，就像墓地围墙里最规则的砖石、板材和美丽的立柱。它们不仅将天空高高地擎在我们头顶，不让它坍塌下来砸到我们，而且，它们高大坚固，耸入天空，指向我们要去的地方；我们要修炼自己，哪怕只是充当一座出于慈善目的建造的大教堂墙壁里的一块砖，我们也要让自己更完美、更规则、更坚定，那样我们就可以成为我们所活的这个世界的标量和基准。在这个世界里，我们相互垒砌，彼此支撑，筑成一座人类的神殿。

"我今天要谈的内容是，我为什么要在这里。哦，我之所以在这里，是因为当我们聚在一起并自我修炼时，对我来说，是一个盛大的节日，我会度过一个假期，你们是我名副其实的最可爱、最亲密的人。"

这时候，一位老者睡着了，身子一歪，从椅子上摔下来，大家立即把他扶起，搀着他坐回到椅子上。有几个人笑了，年轻人的讲话仍在继续。

"这项工作不具现代性，也不是我们发明的。我们顶多只是感受到祖先所拥有的聪明才智，要知道，先人们积累了许多宝贵经验，我们在这里继承并把它发扬光大。我们要把这光明，把理性和心性之光传递下去。遗憾的是，生活中它的敌人无处不在，许多人已经习惯了黑暗，灵魂深处的黑暗、恶意、嫉妒和暴君，还有那些利用他人的软弱、无能、无知、无助并从中获利之人。尽管我们有时也会软弱，但我们会尽自己的所能获取智慧，努力改善，并为此共同积聚力量，让我们的生活变得更美好，更有意义，更璀璨夺目。"

周围人一声不语，轻轻地拍打他们的膝盖。

"简而言之，我们今天的修炼课内容很简单，只是作出一种非常简单的姿态，表达一份庄重而快乐的敬意。因此，我建议大家起立，为我们的祖先鼓掌，他们中有些人正跟我们在一起，在这座墓室内，他们走在光明之路上，他们会一直走下去。让我们用朴实的掌声来赞颂他们，赞颂他们的贡献、毅力、高贵和牺牲。"

所有人都站了起来，仿佛听到一声命令，他们谦恭、果断、整齐划一，沉默了片刻，然后开始鼓掌。后来，讲话者打了一个手势，大家重又坐回到自己的座位。

"谢谢大家。我今天只想说这些。大家要发挥自己最好的知识和本领……"

接着又是一阵轻轻拍打膝盖的声响，随后大家站了起来，这时候，一扇通向下一间墓室的门打开了，我们走进去，那里有一张摆满食物和饮料的长餐桌，我们坐到餐桌两旁，开始用餐、饮酒，并相互长谈、开玩笑、聊天。

第十八章

我香甜地睡了一觉之后，从栖身的洞穴里爬出来。经过昨天开心的夜宴，我醒来时还带着宿醉感，现在我第一次感觉到，这里已经是我真正的家了。我的意思是说，这是一栋真实、温馨、宁静的姜饼小屋。

我心情舒畅地散了一会儿步，找到一只破桶，我用它打了一桶水，将缠绕我坟墓的常青藤冲了一下，并清洗了墓碑。这座墓已经受到严重损坏，一块块砖石像要彼此逃离，两边各立了三根石柱，大部分柱子已被人盗走，残留的部分作为破败的证据，见证这里发生过的一切，见证逝去的往日时光。不管怎样，这都是一座小小圣殿，一栋真正的避难所，一幢美丽、温馨的房子。

我一边清理墓碑上的名字，一边寻找过去、历史的蛛丝马迹，但是浓密缠绕的常春藤遮盖住了大部分碑文，我用力扯断藤蔓的地方，露出的字母也已残破不全、模糊难辨，直到现在我也没能弄清楚，我到底是谁的秘密房客？但是不管怎样我都很高兴，感觉自己仿佛站在世界上最美丽的花卉市场内最美艳的装饰物前。我可以住在花山的深处，这种被鲜花簇拥、被常春藤拥戴的感觉十分美好，要比住在豪华别墅里的富豪更欣悦，更满足。

之后，沐浴着璀璨的阳光，我走遍墓地的每个角落，最后坐到墓园大门外的长椅上，东张西望，饶有兴致地看着行色匆忙的路人们，禁不住对他们感到一丝怜悯，他们漫无目标地东奔西跑，为许多毫无意义的事情整日忙碌。我试图跟一两位路人搭话，但遗憾的是，始终没有成功，因为每个人都是那样的匆忙，忙得停不下脚步，而且他们对我这样的怪人充满提防，生怕会被从受奴役的状态下唤醒……所以我惬意地躺在长椅上，无所事事，享受温暖、美好的时光。

我被阳光晒着，像晒透的棉被，灵魂也终于开始变高变大，充满了天空，尽管跟这令人惊叹的天空相比我很渺小，小得微不足道，但我还是为能在它面前慢慢敞开自己的心扉而感到高兴，因为我需要的就是这种感觉，一种搏动，一股脉冲，一种莫名其妙、无可言状的感觉，它将重荷从我肩头卸下，而这副重荷根本就不存在，根本无需存在，既然天空这么高这么广，如同一位强壮、伟岸、力大无比的巨人，那么我至少可以试着做他的一个侏儒小裁缝，用我自己做模板去装扮他，就像他用他的宽广和美丽装扮我一样。

正当我坐在长椅上舒展腰肢享受阳光时，忽然听到从远处传来吱扭吱扭刺耳的声响，伴随着可怕的歌声。有人在用严重跑调的左嗓子唱歌。于是，我顺着声音抬眼望去，看到远处有一个完全不真实的人物，一个高大、肥胖、丰满的女人。她的嘴唇上涂着鲜艳的口红，脸颊上画了两个又大又红的圆圈，头发蓬乱，炸向天空，戴着蓝绿色的美瞳，背上固定了一把撑开的雨伞，身上套着一件肥大、破旧的衣裳，手里推着一辆巨大的婴儿车，一边走一边唱，不时停下来向躺在婴儿车里的什么东西嘟囔、说话、叫嚷。

这时候，我预感到自己找到了那只能听我吐露秘密的天堂羔羊，她的家肯定是在天的维度里，因为她不急不慌，像我一样从容，想来只有天空在等她。她离我越来越近，我努力用和悦的微笑迎接她，她也笑容可掬。就这样，当她走到我跟前时，在我们之间已经有一线相系，这时我惊愕地发现，对方是一个彻头彻尾的疯子，面孔完全扭曲，嘴里哼唱的是我从未听到过的最可怕的哼唧。

"你你你小宝宝宝贝贝贝贝！"当我们走近，她指着童车用奇怪的拖腔说。我朝车里望了一眼，但是什么也没看到。

"这是你的宝贝?"我纳闷地问。

"是是是的,你看看看看,我我我的布布布比比比比!"说完,她从婴儿车里抱起那个并不存在的婴儿轻轻摇晃。

"她多漂亮啊!"我说,"她的名字也好听。布比,对吧?"

"是是是的,布布布比比比比。非非非常可可可爱!"

"你是她母亲?"

"是是是的,我是是是。"

"你叫什么名字?"

"我我我也叫布布布比比比比!"

"真的吗?这名字很好听。你住在哪儿?做什么的?"

"我无无无无处不在,我我我做母母母母亲。"

"这工作不错……"

"你你你也是我我我的小宝宝宝贝贝贝贝。"

"我?你的宝贝?"

"是是是的。你你你也非非非常可可可爱。"她假装把婴儿放回到车里,然后朝我走来。我看清了她那张红扑扑的虚胖的脸。她把婴儿车推到一旁,我还没有来得及挣扎,她已经把我抱起来,开始啧啧地亲我。

"你你你也是我我我的小宝宝贝贝贝贝,你你你也那那那么可可可怜怜怜,让妈妈妈咪抱抱抱抱你。"她自言自语,两只手紧攥住我的脖子,将脸贴到我的脸上,从她嘴里散发出一股可怕的臭味,她可怕而疯狂地冲我咧嘴微笑,胳膊像铁臂一样出奇地有力,攥得我几乎窒息。

"放开,赶紧放开我!"我紧咬牙关地央求她。

"不不不不,绝绝绝绝不,现现现在你你你是我我我的小宝宝宝贝贝贝贝!"她说,然后扑到我身上,将可怕的嘴贴到我的唇上,同时她把我的脖子越攥越紧,我被死死地压在地上。

"放开我,你这个巫婆!"我抗议说,她猛地掀开她的破衣裳,试图将我搂到她那副红润、松软、带斑点的胸脯里。我感到自己马上就要没命了。

"你你你这个死死死死孩子子子子,赶赶赶紧吃吃吃吃吧!赶赶赶快长大大大大,当我我我的新新新郎郎郎郎!你你你这个小小小东西西西西!"她边说边继续蹂躏我。

我也真倒霉,遇到了天下最大的白痴!我的那些亡灵朋友一旦知道了这件事,他们会怎么想?他们中一位受人尊敬的成员被一个彻头彻尾的白痴掐死了?!也许他们会误以为我喜欢这样?更何况在这里,在光天化日,道路中央,在众目睽睽之下……假如我现在死在这里,会有人愿意埋葬我吗?我该拿这头河马怎么办?我怎么做才能不让自己死在这里?我可不想这么死掉……

在我身上压着一个疯女人,她的乳房肥硕,散发着汗臭,那张令人作呕的脸让我看了感到毛骨悚然。

"妈妈妈咪咪,妈妈妈咪咪!"我灵机一动,凄惨地呻吟,"妈妈妈咪咪,我怕怕怕怕!"

她听了之后愣住了:"你你你怕什么么么么?"

"一个邪邪邪恶女女人人人人,要吃吃吃掉我我我我!"

"我我我来救救救你!别别别怕怕怕怕!"她边说边准备爬起来,看来我能获救。

"你你你是坏坏坏妈咪,布布布比!"她站起来后,我从牙缝里说。这话让她万箭穿心,突然失声抽泣,一边哭一边捶打自己的脑袋。

"布布布比坏坏坏坏!"我这时突然萌生出摆脱她的希望。"布布布比坏坏坏坏,布布布比要掐掐掐死小布布布比比比比!"我模仿她的语调委屈地说,一遍遍地重复,这将她从疯狂的漩涡里拖了出来,她很快变得浑身无力,仿佛背后被人捅了一刀,向我跌倒,继续抽泣。

"布布布比死死死了!"我低声说,她则慢慢停止了抽泣，目光空洞地望着虚无。一声不响地站起来，失神地环顾一圈，拔腿走了。

"等等，布比！"我揉着剧痛的脖子站起来，一边喊着，一边推起婴儿车追她。她不理睬，只是径直往前走。"嘿！你的宝贝，别丢下孩子！"我继续追她，但她好像没听见，继续往前走。我抓住她胳膊，她没有反抗。我把雨伞重新绑到她的背上，把婴儿车递到她的手里。这时候她说了句什么，像从噩梦深处飘出的一句呓语。

"你你你根根本不是布布布比比比比！"随后她转过身去，就跟来时一样继续哼唱，推着吱扭作响的婴儿车。

第十九章

我迫不及待地等待夜色降临，等待隔壁的墓室门再次打开，如果它会打开的话。我心里暗想，毫无疑问，那扇门只有在那些黑衣人认为我有资格成为他们中一员时才会打开。我要成为一位赤手空拳的骑士，在意识中用自己的善行与邪恶搏斗。所谓的"善行"，也许只是我们给予别人的一个微笑、一份力量、一点希望或信任，这比任何东西都更重要。

然而在墓室里，夜色降临得十分缓慢，始终没有彻底黑暗，因为总有光线透过石头的缝隙和孔洞投照进去。我就这样等啊，等啊，后来，我焦躁不安地环顾四周，从墓室的地上抄起一块腐烂的木板，在松软的黄土里刨起来，越刨越深，直到挖出一个骷髅！哎，你好，我心里说，现在你看上去就跟我一样，我用手托着骷髅走到墓室墙前，砰砰心跳地动手叩击，等门打开，但是没有任何回应。于是我一遍又一遍地不断叩击，叩击声越来越大，越来越坚定，越来越沮丧。后来，我不安地猜测，也许是因为我太过急躁，缺少耐心，也许是因为白天我跟疯女人的事情让他们生了气……我的情绪低落下来，看来我失去了那些朋友，他们抛弃了我。

我躺到床上，把骷髅抱在胸前，像对恋人似的相互凝望。后来我睡着了，在梦里到了一片很遥远的地方，一片忧伤之地，在那里，我围着一个巨大的骷髅一圈圈地打转，要将它雕凿成一块砖，而我使用的工具不是别的，是我的心脏。这时候我听到一个低沉的嗓音，那位银发老者终于又出现了！我醒来时发现周围伸手不见五指，一切都被黑暗吞没。他和蔼地朝墙指了一下，墙上的门已经打开，我是那么高兴，高兴得差点哭出来，朋友们并没有抛弃我！随后，老人陪我走到墙边一把铁椅子前，打了个手势，让我坐下。坐下之后我才注意到，墓室变大了，比我以前看到时大了许多，明亮了许多，宽敞了许多，我不明白这是怎么回事，感觉我们已经不再是置身于墓室，而像在一座大教堂内。有位男子坐在祭坛上，两侧各站着两位侍从，其他人围成一圈，之后他们呼唤一个人，一位英俊、挺拔的男子迈着庄重的步伐走到厅堂门口，站在那里，转向祭坛方向，洪亮地说道：

"我亲爱的兄弟们！我经常在想，我们到底是谁？我们在这里所做的一切，到底是怎么一回事？每天夜里我们在这儿聚会、交谈、庆祝，毫无疑问，这不同于在幼儿园举办的生日聚会，如果要我坦诚地回答这个问题，必须指出，两者截然不同，又相互关联。

"我们像孩子一样诚心实意、充满希望地聚在这里，是为了坚持善行与真理，我们之所以要这么做，就是为了能够克服自己的幼稚、弱点和由于阅历不足导致的无知。同时，我们要想修炼成功，除了智慧、力量和美之外，还需要抱有孩子式的简单、快乐、好奇和希望，因为修炼也是一种游戏，相信我们能够用自己的灵魂建造一座梦想的大教堂，就像孩子们堆造他们的沙堡。

"我们必须日复一日地用我们的每个词语、行动和想法来接近梦想，因为只有这样我们才能找到正确的方向，并在这条道路上前行。我们要将未经雕琢的岩石打磨成能用来建造人道主义永恒圣殿的精美石料。在那座未来的殿堂里，我们只需通过传统、习俗和不断重复的仪式就能揭示我们的秘密，找到只有我们才能找到的自己的修炼方式。总而言之，我们在这里所做的一切，就是继承我们的建筑艺术传统，使它发扬光大，我们通过传播火种，最终战胜死亡、堕落与邪恶。

"是的，在这里我们在玩一个天堂游戏，只要你愿意，只要你拥有足够的决心与智慧，就能将自己从时间的癫狂、毁灭和危险中解救出来；只要我们坚持不懈地怀着改变的愿望将自己修炼得更完善一点，那么我们就能逐步抵达一个地方，在那里大家志同道合，能建立真正的手足情谊；在那里没有歧视，因为没有产生歧视的理由，没有憎恨，因为没有产生憎恨的土壤；在那里只有智慧、力量与美好，它们集结在一起使人向上，向上，升入天堂，返回失去的乐园！"

掌声结束后，大家开始愉快的交谈，但我只是一声不吭地听着，观察着，同时在心里琢磨，想知道为什么在银发老者的跟前会有一个骷髅？莫非就因为它，我才睡了一个好觉？莫非就因为它，我才没有继续叩墙并放弃了硬闯进黑衣人世界的念头？正因为我冷静了下来，在梦中等待，现在我才得以置身于此，坐在桌旁。我们看到，时间像是从我们身上拆下的一栋房子，一栋某个人、某种认知、某台希望机器曾经栖身过的怪诞居所，像永恒的画框或花瓶为了自身的意义而存留下来，在这里没有人会嘲笑它，也没有人会畏惧它，只是认为它很重要，就像拿一面镜子照自己。是的，也许我做那个梦并非出于偶然，我在梦里抱着骷髅在世界尽头徘徊，是在寻找我自己，在我的体内，时间就在那个地方静止了，好让我在那个地方看上去不是一个"零"，而是一副链条，在那里，生者与死者握手，飘浮到时间之上；就这样，圆形变成了四边形，粗砺的岩石被打磨成尽可能更规则、更光滑、更漂亮的长方体,我们用灵魂的力量把自己变成尽可能坚硬的、用于建造大教堂的建筑材料。而在我看来,这座大教堂并不是被搭建起来的,而是自己向高空生长,展开一幅宏大的风景。没有什么可怕的,只有万千的美丽,我看到的是所有美的集合,走进这座巨大的骷髅,唯有智慧、力量与美才能把它打磨得如此完美无瑕。

第二十章

由于夜晚的经历那样令人振奋，清晨我怀着如此深重的沮丧感在可怕的洞穴里苏醒，以至于根本无法理解它的魔法。在阴凉和潮湿中，我只感到彻底的绝望、一无所有和无可救药。尽管我理解，不可能每天都是节日，愚蠢经常会取代快乐的时刻，刚才还悠然平静的心境转眼变得痛苦挣扎，但所有的苦乐都有可能转变为精神上的享乐，最后或许会成为生命唯一的意义，灵魂的升华。

不管怎样，我还是想让这一天成为一个节日，即便我必须爬出去，不得不在角斗场上为幸存而战。现在我真的发自内心这样认为，我想让这个世界变得更美好。我应该帮助不幸者，帮助那些向我求助的人，我应该身临其境地体验落魄者的困境，理解他们地狱般的感受……但是，谁来理解我呢？我的情绪像钟摆一样在沮丧和希望间摆动，因为除了饥饿和疲惫之外，我还感到无奈和无助，最终我还是这样告诉自己：现在我要另谋生路，必须干点什么善事和有建设性的事。于是，尽管我有些困惑，但还是鼓起新的力量，钻出墓穴，重新上路，寻找世上最可悲、最不幸的生灵，现在我真的要帮助他，解救他。是的，我不仅怀有同情心，而且还会实实在在地做点什么，如果需要的话，我可以捐出自己的一侧肾脏，因为，我感同身受地体会到他的失落、他的孤独和他的无助。

我就这样走啊，走啊，走出了墓地，走街串巷走了很远，我要寻找社会最底层的人，为了能够拯救他。我走啊，走啊，终于在路边一片小草坪上瞅见一个潮湿、破裂的硬纸箱，听到从里面传出一声叹息，于是我好奇地走过去，朝纸箱里望了一眼，吃惊地看到一个容貌漂亮、没胳膊没腿的姑娘躺在一堆破布间。她看到我后，眼里有了光泽，仿佛在绝望之中，看到唯一可能拯救她的人，仿佛我在最后一刻赶到这里，就为向她伸出善良的手。

"怎么回事？"我问。

"唉……"她长叹了口气。

"对不起，请问，你怎么在这儿？出了什么事？告诉我你怎么了？我能帮助你做点什么？"

"唉……"又是一声长叹。

她躺在那里，躺在那堆破烂上，身上裹着各种破衣裳，又臭又脏，就像一个人最终变成一堆垃圾，但是她的脸很漂亮，这让我感到很尴尬，因为我看到她露出的微笑里，带有某种令人羞惭的自信。

"你看，我真的想要帮助你。我帮你找点吃的，喝的，穿的？还是带你去洗个澡？去看医生……"

"唉……"

"你最需要什么帮助？"

"唉……"

"我给你洗把脸？"

"唉……"

"我给你盖上被子？帮你弄一条厚点的被子？要我送你去医院吗？"

"唉……"

"我搞些吃的给你？"

"唉……"

情况变得无望，因为姑娘只是叹气，不作回答。她嘤嘤地呻吟，随后突然中止，开始眨眼，似乎想要说些什么。我弯下腰凑近她，闻到她嘴里呼出的臭气。她注意到我脸上肌肉的抽搐，忽然笑了，轻声对我耳语说：

"我只有一件事需要你帮助……"

"什么事？你说吧，不管你有什么要求，我都会尽量满足你，因为我已经决定要帮助你……"

"你给我……舔舔……"

我顿时感到脊背窜凉,掉进了自己挖的陷阱,现在我该怎么说?说我没有舌头?或者说我背痛,不能躺下做这事?还是说,回头我找一条狗来替我?

"哦……这个,我……做不了……我有病在身……这个,哦……真的……做不了……"

她脸上挂着得意的微笑。是的,她成功地羞辱了我。就当我一本正经地下定决心想帮助她时,她竟提出这样的要求,要我看看她体内的女人,看看那个充满魅力的、有价值的生灵,而我却令人蒙羞地想要逃走。

"你还是提个别的要求吧!需要的话,我可以把我的一侧肾脏捐献给你……"

她用一副轻蔑、不屑的眼神看着我,我感到自己从未有过的愚蠢。

"你这个废物,连这都不会,还能干什么?"她奚落我。

"你看,你完全误会我了!你很漂亮,对于你提出的要求,我真的感到很荣幸,但是我喜欢男孩,而且我染上了致命的疾病,我不想把病毒传染给你。另外,我装了人工股骨头,这也不允许我那么做,因为我一躺下,就站不起来了……"

"那你就滚吧。"她厌恶地说,随后转过脸去。

我完全不知所措,不知道怎么才能以某种不失尊严的方式让自己摆脱这愚蠢的境地,刚刚我还信誓旦旦地要帮助别人,现在面对世界上最不幸的女人,我却无法满足她唯一的愿望,甚至,我不仅没有带给她快乐,反而让她增添了痛苦。我让她把我想象成一位救世济民的圣骑士,结果只是让她更加确信:世界上没有人需要她,她不过是一堆毫无用处的、会呼吸的垃圾。

我积攒起自己的最后一点勇气,抚摸了一下她的脸,但她并没有转过脸看我。之后,我的手向下滑去,抚摸她的胸脯,作为奖励,她轻轻叹了口气。我的手掌继续在她憔悴的身体上下移,直到终于听到一声响亮而满足的叹息。

看来我可以逃脱了。但是就在这时,她忽然将脸转向我,挺直了上身,将嘴唇压到我的嘴上,随后用她的身体把我拽倒;而我,被这突然的举动吓呆了,推也不是,躲也不成,因为她已经压在了我的身上。我躺在腌臜、恶臭的被褥上不知所措地看着她。她以一种出奇的矫捷,像一位没胳膊没腿的轻骑兵飞身坐到马鞍上一样,想要降服不羁的野马。

"唉……"随着又一声长叹,感觉她的躯体要从我体内吸去一切,吸去一座爆发中的火山所能喷发的一切。

"不，不要这样，能不能让我换一种方式帮助你？"我无措地问。

"唉……"

"我帮你搞一副漂亮的假肢！看上去跟真的一样，没有人能够看出来，不管你缺了什么……"

"唉……"她的叹息声越来越大，几乎是咆哮，并且用力压住我，那种大得出奇的力量我从未感受过。

"我给你买一辆特殊的汽车，你可以用嘴驾驶它，再给你买套公寓，舒服、温馨，还会配上漂亮的家具，再给你请护士、医生，你想请谁就请谁，只求你饶了我吧，我受不了了……"

"唉，唉，唉……"

"你可以搬到我那里住！我有一间漂亮的墓室！我们俩可以住在一起，你愿意吗？你可以不再受风吹雨淋，我们可以像真正的夫妻那样生活在一起！我在各个方面帮助你，我会像哄婴儿一样地呵护你，只是求你赶快从我身上下来，放了我吧！"

"唉，唉，唉……"

无论我怎么央求都无济于事。她骑在我身上，像要挤出我的五脏六腑，她像钳子一样紧紧地夹住我，吸走我的力量、津液和残留的希望。

"求求你，放了我吧！其实，我是一个跟你一样不幸的人！不要杀死我的灵魂！"

"唉，唉，唉……"

她大声地呻吟，咆哮般地叹息。与此同时，路边聚集了许多行人，他们目瞪口呆地围观，看我们到底在干什么。情况变得越来越野蛮和疯狂，慢慢地，我丧失了所有希望和羞耻感，开始享受这种残疾的暴力，她想用它将我的最后一点脑浆也吸干净。

"唉，唉，唉……"她声嘶力竭地叫喊，之后痛苦地痉挛，仿佛被人一刀接一刀地刺进心脏，她瘫倒在我身上，睡着了。

围观者不知所措地站在那儿，等着看双方一决胜负，当他们意识到节目已经结束，陆续摇着头散开了。在他们身后，一辆警车鸣着刺耳的笛声从远处驶来。我的上帝！现在他们要把我带走，因为我强奸了一个残疾人！甚至，他们可能会控告我，说是我砍断了她的手脚！我想从她的身下爬出来，但是没有成功，她始终紧紧地夹着我，仿佛给我戴上了镣铐。于是我用力推她熟睡的身体，费了好大气力，终于艰难地解脱出来，浑身脏臭。我赶在警察到来之前，连滚带爬地钻进不远处的灌木丛，再从那里匍匐前进，逃离了我今日善行的女主角。

当我来到小公园的另一端时，我看到有个老妇人在喂鸽子,我冲到那群鸽子中间,就像一只没有翅膀的疯狂鸟儿,开始抢妇人扔给它们的干面包,妇人吓得大声尖叫,我站了起来,扬长而去。

我回到自己的领地,回到那个凄凉、阴冷、肮脏、满是骨骸、发霉了的地下室,但是不管怎样,它都是上天赐予我的最舒适、最温馨的世界。

第二十一章

我非常期待夜晚到来,非常期待,期待那扇门打开,期待我能跨进那另一个世界。

假如我用愚蠢的目光四顾,那个世界看起来会很荒谬和平庸;假如我用快乐的目光环视,它就会充满欢乐,盛大喜庆;假如我怀着浓情厚意置身于那里,它洁净得就像纯粹的本质本身,所有的一切都汇聚一处,在一个值得生存的地方,因为在这里日常的烦恼不复存在。想来这些陌生的亡灵聚集到一起,是为了相互愉悦,共享欢乐。这一点非常可爱,他们组成了一幅在其他任何地方都不可能看到的画面、象征或风景。毫无疑问,在那里,这样特殊的场景可以看到,而且可以说是"一步一景",即便他们中大多数是很简单的人,即使在死人群里也非常简单,生前肯定犯过什么错误,但是现在他们变得与众不同,他们所有的内修和自省都在身上留下了痕迹,可以被看到,被感觉,被触知;在那里,在隔壁一间墓室里,在我心目中那里已成为最神圣的殿堂，一切都沉浸在类似生日聚会的高潮气氛里，然而，这些聚会并不是生日聚会，而是葬礼，因为这些亡灵总是一场接一场地举办葬礼或追悼会。他们之所以这样做，或是为了用死亡复仇，因为，假如一个人谈论死亡、描述死亡、演绎死亡、演奏死亡之歌、使死亡变得滑稽可笑，那么在这种情况下，显然是生命在死亡的面具后发声，而且是用它最优雅、最顽皮、最庄重、最美丽的嗓音咏唱。

我迫不及待地等着，等待那扇门再次打开，等待我最终又能走进那里，走进那个我认为自己所归属的地方，然而那扇门迟迟未开。于是我站起身来，环顾了一圈，看看有什么地方出了差错，整理了一下衣裳和头发，甚至我出去洗了一下手，戴上一副白手套（这是我在一只袋子里找到的），我开始抚摸那块曾打开门的墙壁，但还是没开。我继续整理堆在墓穴里的杂物、被褥和垃圾，就在这时，堆在床上的东西突然挪动，有个人从里面钻了出来！

我大惊失色，莫非是死神派人来索我的命！这个索命鬼是谁？我下意识地抬腿踢了他一脚，他唉哟了一声，我接着又踢了一脚，他又唉哟了一声，当我第三次——准备踢出决定性的、致命的最后一脚时，那家伙像稻草人似的猛地立起，浑身的破衣烂衫呼啦生风，无数的垃圾四下乱飞，那人手攥一把大镰刀在我眼前嗖嗖挥动。我像一个天生善斗的猎手，借着从外面渗入的一丝微弱光线，敏捷地闪身跳到一旁，用力抡起拳头，狠狠地打在稻草人的脑袋上。这时候，从恐怖的面具后露出一张女人可怕的脸，她不是别人，正是那个想尽快躺到她老公旁边的老妇，这座坟墓的女主人！

我大吃一惊，立刻收手。我清楚地知道，她来这里安息的前提是她先要死掉，但我决不能让她死！即便出于隐秘的私心，也不能让她死在我前头！现在我该怎么办？她早不来晚不来，偏偏在我准备迎接这一天——准确地说是"这天夜里"——最重要的时刻时前来捣乱。我明白了，那扇门今晚之所以没开，是因为黑衣人知道这里有一个不速之客，怕她搅乱每日神圣的盛典。

"你到这儿来做什么？"我问这个满脸皱纹、骨瘦如柴的老怪物。她试图让自己清醒过来，想从垃圾堆里钻出来，但没有成功，因为她被我的被子裹住，滚到了地上。"你怎么敢半夜三更跑到这里来吓唬我？"

"你给我闭嘴！"她气势汹汹地反驳，"你该为我一直没把你从这里赶走而感到幸运，但我现在要把你赶出去！"

她爬了起来，并找到掉在角落里的锋利镰刀，迅速弯腰拾起来，再次向我发起攻击；我被迫应战。

"我跟你说了，不要来这儿!"我警告说，"让我安静地死在这里。"

"做梦!我怎么会让你死在这里?!这是我的坟墓，现在我要搬进来住，你马上滚蛋!"她凶狠地说，同时用手腕擦拭唇角的血渍。

"我肯定不会离开这儿，现在这是我的墓室!"

"不，这是我的，少跟我废话!如果我不能杀死你，那我们就一起死在这儿!"

"这不可能!"我斩钉截铁地说，我从她手中夺过凶器，拿到外面，走出很远才把它扔掉，然后回来扶她起来。

"末日马上就要到了，我们要把这里收拾干净，"她也冷静了下来，边说边从一个角落里拖出一只大麻袋，从袋子里掏出笤帚、墙漆、刷子、手电筒、抹布、饮料和食物。

"你疯了吗？你拿这些东西来干什么？"

"我要把这里收拾一下，你这个白痴!"她说，而后打开手电筒，开始摆弄她的工具，动手打扫卫生。"我要把这里打扫干净，刷上白灰，然后把里面布置好。如果你表现得好，听我的话，你就可以留下来住。现在你先给我出去，别待在这里碍手碍脚!"

她的态度十分强硬，我知道无法跟她作对，只好顺从了她,她愿意做什么就做什么吧,我先出去透透风,享受墓地夜里的寂静。

白天的墓地像一座园林,夜晚的墓地像座疯人院,会发生各种各样令人乍舌的怪事。我在密密麻麻的坟墓间散步,看到不少行为古怪的家伙:在一个地方,一个黑影静静地牵着几只巨型犬遛弯;在另一个地方,几个年轻人在摆弄针头,或站或坐地在一块墓盖上为自己注射;有一对恋人在一座坟墓旁大声争吵,伴随着响亮的耳光声,在他们脚边躺着几只空酒瓶;在小墓地远处的一个角落里,在一块巨大、黑色的大理石板上站着一个身穿黑色皮衣的女人,她被绑在一块突兀耸立的方尖碑上,皮衣被撕开,身体痛苦地扭曲着,另一个跟她穿着相似的女人在用皮鞭抽打她。我感到惊惧,不知道闯进了什么鬼地方?坠进了何种噩梦?误入了怎样的癫狂深处?我继续在黑暗中徘徊,看到打架打得头破血流的少年们、围着坟墓相互追打的残疾者、蹲在坟上津津有味吃东西的人和醉醺醺吵嚷的壮汉们……跟眼前的这一系列场景相比,发生在墓室内的险情根本算不上什么。

我在墓地里转了两圈后,心烦意乱地回到住所,恰好那个满脸皱纹的洁癖妇人止把垃圾从墓穴里运出,她看到我后一言未发。我犹豫了片刻,钻了进去,眼前的场景把我惊呆了,然后彻底平静了下来:这个可怕的妇人不仅把墓室打扫得干干净净，把墙壁刷白了，而且还摆上了从家里搬来的旧家具，现在她的意图再明白不过，这一点都不是开玩笑：这个可怕的妇人真要在这里跟我一起过夫妻生活！甚至，今晚可能将是我们的新婚之夜！想到这里我头皮发麻，离天亮还有漫长的几个小时！我不知所措地站在那里，她已经换上了一件蕾丝边的白色连衣裙，脸上蒙着一块白色面纱。当我抬头看到她的脸时，忍不住冲着她爆笑起来，笑声很大，很无礼，她却得意地喊道：

"现在你是我的新郎！哈哈哈，你将爱我直到死亡！你不是那么想见死神吗？现在你终于见到了，我就是！我将成为你永远的爱，你别想再逃走！"

她的狂笑无情地撕破了寂静的暗夜，随后她躺到用破烂被褥铺成的婚床上，我已经无力跟她搏斗，不再幻想能摆脱这个恐怖的怪物，因为我感觉到这已经不再是一个玩笑，没人能从这里逃脱，因为这个白痴已经给我做好了安排：刷白了墙壁，打扫了卫生，冲刷，擦洗，我也变成了一件没有了灵魂的物件。以后我顶多只能提醒自己，在这个疯子偷走它之前，我曾经当过什么人，当过自己。从现在开始，我将跟她一起生活，无论生死，她将成为我的一切，我体内的光和影。看哪，这支可怕的、一个人的清洁大军。

第二十二章

幸运的是，大扫除、刷墙、搬运家具、归整东西和对我软硬兼施的威胁，把这个满脸皱纹的妇人累得筋疲力尽，在一通尽兴的叫嚷、抱怨、爆笑、咒骂和折腾之后，她出人意料地睡熟了，几乎在片刻之间，像是被人关掉了电源。我意识到，我必须立刻摆脱掉她，否则这个怪物会把我刚萌生出的生存愿望和生命力全部吸走。我用被褥将这副熟睡中的皱巴躯体裹紧，将褥子角对折，用力系紧，攥住，把这个老妖精拖出了墓室，拎到尽可能远的地方。一路上，我能够听到她在打鼾，像猪一样哼唧，这声音令人毛骨悚然。我拖着她，仿佛拖着我生命中最沉重、最可怕的负荷，这个老妇过于顽固、暴戾、自私和不通情理，实在令人无法忍受。我把她拎到墓地另一端的一块墓地前，那里的墓盖早已被人偷走，墓坑里长满蒿草，我把母夜叉扔进坑里，而后找来几块木板将墓穴口盖上，又在木板上压了几块石头，这才如释重负地回到住处，将老妖精的所有东西都扔了出去，又在床上堆了一个小山包，而后坐在上面等待。等啊，等啊，仿佛赶上了最后一趟救命的列车，正沿着一条陌生的轨道做欲望之旅，让它把我带到远方，远离这可怕的险境。

慢慢地，我的情绪平静了下来，心情多少也有所好转。我掸了掸身上的黑衣服，把皮鞋擦净，捡起扔在角落里的手套，围上母夜叉刷墙后忘在那里的围裙，等啊，等啊……终于，墙上的门开了，这给我带来了极大的喜悦，银发老者向我招手，一言不发地请我进去。那里我已经去过许多次了，每去一次，都会觉得光线变亮了一些，空间也显得更宽敞，这个由许多坐着的亡灵组成的群体也变得越来越伟大。

这一次我走进的是一间高大的厅堂，感觉像是在城堡的地宫，在那里，整齐地坐着好几排亡灵，在离我稍远的一个台子上，有几个人迎面坐在我前方，他们冲着我微笑：看啊，我今天虽然迟到了，但最终还是来了。有一两位先生用诡秘的眼神看着我，后面有个人冲我挤眼睛。我找到一把空椅子坐下，也不发话，只是饶有兴味地注视、观察、聆听，我听到锤子的敲凿声。

这天夜里，他们伴着咚咚咚的噪音相互交谈，他们只是讲啊讲啊，仿佛伴着充满了细密鼓点的忧伤哀乐，仿佛用音调很高、水晶般剔透的童声点缀炮声。与此同时，高贵的昏暗使我的心灵获得了抚慰，我终于可以高兴地说：我成功了，我成功逃脱了！哪怕只是短暂的瞬间，我逃脱了徒劳无获、不会有任何结果的挣扎和搏斗。与此同时，这些古怪的同伴——现在我可以向自己承认——正推着我在一条越来越清晰的道路上前行，引导我走进一个至今陌生的自己，走进一块令人敬畏的陌生地，尽管那条通道对我来说并不陌生，但我并不敢走进去；现在，我终于鼓足了勇气走到另一扇门前，攥住门柄，在勇敢而欢快的锤击声中用力按下，我果断、勇敢、快乐地走进了一个我从未见过的房间。

这时，我徜徉其中，并震惊地发现：这并不是一个房间，而是一个巨大无边的美丽树林，在这里，迎接我的有无数棵高大挺拔、枝繁叶茂的参天古树，修剪整齐的灌木丛，柔软、平坦的草坪和争奇斗艳的花朵，它们用自身的美丽与宁和，用伴随鸟儿的喊喳声从林梢射进的和煦日光爱抚我的心灵……这时我感到格外震惊，因为以前我从未想过，在自己的体内居然会存在一个这样的世界！于是我走啊，走啊，一直往前走，穿过鸟语花香、令人目不暇接的树林，来到一条小河旁，走上一座狭窄的木桥。我从那里眺望并享受大自然的宁静和美丽，欣赏周围奇花异草令人眼花缭乱的舞蹈。之后我纵身一跃，跳进睡莲和蜻蜓中间惬意地游泳，游了很久很久，游在这神赐的、抚慰人心的奇迹中，游在莲花盛开、微波荡漾的水波里。后来，我沿着洒满金色阳光的小路慢慢往回走，步履从容。我又听到那些伴随我迈出每一步并使它更为坚定的锤击声，这时我突然生出唯一的渴望，渴望这神殿的庄重氛围会赋予我力量，让我忘掉所有外部的噪音，最终让我能够成为自己，在自己内心的道路上我越走越远，越走越深。

与此同时，铿锵的锤击声在我周围越来越响，亡灵们的脚步声越来越密，密集得将我团团围住；阳光把我们聚集一堂的墓室照得越来越明亮，这个声音已经沉淀到我心底，在体内诉说。许多敲凿的声音快乐地、无法遏制地纷纷响起，许多悦耳、清脆的锤击声仿佛在对一块巨大而美丽的、经过规则切割和精细打磨的黑色大理石诉说，如同演奏一件美妙动听、震撼人心的神奇乐器；此刻，像水泡一样咕咕冒出的快乐在我体内增多、汇聚、升华，变成巨大的钟声在高处回荡。光芒越来越耀眼，直到我最终与那光明融合到一起，那光明轻轻地、带着无限的信任触摸我的额头，就像一只庄重的救世大天使的手，虽然它在每个人的头顶上摆动，但是仍然难以触及，然而我清楚地知道它在那里，在那里摆动，在我们的头顶，它想要触摸我，那只天使的手想要触摸我们每一个人。

第二十三章

　　黎明时分,我躺下来休息,但却兴奋得无法入眠;而随着佛晓的接近,有种不祥的预感也逐渐强烈,我怕那个满脸皱纹的妇人又会杀回来,把我从这里赶走,或者比那更糟糕,她要搬到这里跟我同居……我一想到这里就心惊肉跳,试图转移自己的注意力去想些别的,然而,在我的意识中浮现出的另一幅画面同样令人烦躁不安,因为它又吼叫着提醒我要面对生存,要去寻找食物,对我来说这始终是一项令人绝望、不可能完成的任务,因为我必须承认,在那个迫使我日复一日谋生的外面世界里,我找不到任何我真正想做、能做、并能从中证明自身价值的事情;这太奇怪了,我只能跟那些死者交谈,只能跟他们相互理解……但是我的肚子这么饿,饿得根本无法入睡。于是我跳了起来,跟往日一样出门上路,去试试运气。

　　很快,我又坐在墓园大门口的那条长椅上,手里拿着一张写着"找工作"字样的纸等了许久,希望今天

能够走运。快到中午,终于有一位面色苍白、眼圈很黑、神态疲惫、骨瘦如柴的女人走到我跟前问:

"您是做什么的?"

"我是阳光修理工。"

"能修理什么?"

"室内维修。"

"那太好了!我有一栋小房子,那里肯定有很多地方需要修理……"

"您带我去看看!"

我们一路无话地走了很久,穿过整座城市,来到城郊,在垃圾场的正中央有一个孤单孑立、摇摇欲坠、四面漏风的铁皮窝棚。

"这是我的宫殿。请进!"

我跟她进去,发现里面是一个巨大的垃圾库房!看得出来,这里数量巨大的垃圾藏品都是她花了很大心血搜集来的:分门别类,精心打包,摆得井井有条——女主人俨然是一位真正有洁癖的收藏家。一排排摆放的塑料袋里保存着剩饭,玻璃瓶里灌满各种液体,许多小盒子里装着不知已经腐烂了多久的肉块,整个窝棚散发着令人作呕的臭味。我立刻退了出来,剧烈呕吐。过了一会儿,我重新振作起精神,将手帕撕成两个布条塞进鼻孔,然后重又进屋。这时候她站在我跟前,用从后脑勺发出的尖利嗓音跟我说：

"请您帮我彻底翻修！这里的一切都需要修缮，墙需要重砌、抹灰、刷白、更换管道，我想要一台新电视，新的灯具、浴缸、浴室、热水器和漂亮窗户，一扇铁艺大门，新天花板，楼上要一个能看到海滩的漂亮卧室，还要一座美丽的花园，园子里有鲜花、小矮人、喷泉、游泳池和一个漂亮的小鱼塘，对，还有……"

我立刻意识到，命运又让我遇到一个精神分裂症患者，从她那里我什么都不可能得到，只会得到麻烦。但是即便如此，我还是产生了怜悯之心，因为在这个场景里我看到了自己，想来我也蜗居在一个堆满垃圾的狭小空间，在那里也收藏了好多我想象成的财富，她的状况跟我在墓穴里没有什么两样，只是我比她积攒了更多的力量，鬼知道这些力量我是从哪里获得的，总之我能够克制住自己，没让自己彻底地疯癫，我从周围的死魂灵中取材，进一步编织，继续建造我的世界……所以我什么也没说，只是点了点头，立即着手工作。

我脱掉外套，挽起衬衫袖子，开始将垃圾运到屋外，无数的木箱、塑料盒、硬纸箱、塑料袋和各种各样没用的破烂，这些都是女人花费了许多时光和气力当做宝贝捡回来的，都是她想象中的财富，我把这些破烂统统搬到门外。她没说什么，只是面无表情地站在旁边看着,之后蹲下身来,从一个角落里拖出一只小老鼠,开始抚摸、亲吻,过了一会儿她微笑道:看哪,她伟大的宫殿终于开始维修了!就当我挥汗如雨的劳动初见成果时(因为我已把大半的垃圾运了出去),她跟我客气地说:

"你现在休息一下!过来,坐下来吃点东西!"

我走到她跟前,看到她手里拿着一只鬼知道什么时候就打开了的、发了霉的午餐肉罐头,老鼠刚闻到臭味就吱吱叫着跑开了,她把手指伸到罐头里,挑出一块肉放进嘴里舔了舔,然后把罐头盒递到我眼前。

"谢谢,我不饿……"我说。事实上,我说这话时饿得几乎要晕过去,但我最好还是继续干活儿。她出去了一会儿,之后拿着一只玻璃瓶重又出现,瓶子里装的是黄绿色的汤汁,她把瓶子递给我。

"这是什么?"我问。

"小伙子,这是我自制的高汤!因为我只能做这个,这是最好吃的东西,是从我身体里流出来的,你知道吗?尽管我并不希望这样,但是总有,总流。"

我强忍住恶心,转过脸去继续干活儿,我把整个房子都腾空了,之后用一把锤子和几根钉子加固铁皮屋的墙壁,堵上漏风的缝隙,用木板和铁皮修补漏雨的棚顶,然后即兴用玻璃瓶、油、破布做了一盏小油灯,用火柴点燃；我伸了个懒腰，喘了口气，然后用几只破木箱钉了两把能坐的东西，前面摆了一个类似桌子的物件，将油灯放在上面。随后，我坐了下来，现在房间里看上去变得温馨，她也坐下来，坐在我对面。

"看，怎么样？"我用得意而疲惫的语调问。

"非常美。非常，确实非常非常美。"她满意地说。

"那太好了，我该告辞了。"

"不，你哪儿也别去，因为这里还有点小问题。说老实话，我更喜欢那样……"

"哪样？"

"原来那样。"

"什么？"我的头皮紧绷起来。

"我还是想恢复成原来那样，我的小屋和我的收藏品！"

"你的什么收藏品？"

"我的人类收藏！你看，我把我发现的所有人都收藏在这里。我从墓地、医院、街头和垃圾箱里捡回了所有人类的骨骸，积累起我巨大的财富，那是世界上最大、最好、最专业的收藏，将来，在我们全都死掉之后，人们会从中找到最伟大的发现，绿耳朵的人族会乘着飞船来这儿，他们会重新让这些人复活！"

"抱歉，我得走了！"我没有兴致跟她纠缠。

"你哪儿也不能去,你要走我就杀了你!"她恶狠狠地说,并从身后亮出一把生锈的长刀,并用刀尖指着我,"你要么出钱赔我那些被毁掉的藏品,要么你就死在这里,你听懂了没有?"

"你要多少钱?"我问。

"我想换住到一栋漂亮的大房子里。"

"那我把我的房子给你,行吗?"

"你的房子什么样?"

"非常漂亮、高大、宽敞,是用美丽的大理石建造的,而且很有人味儿,在一个漂亮的公园里,下雨时还有游泳池,就在昨天,我还带我的新娘去了一个非常美丽的浴室,她非常享受,进去了就不想再出来。你都无法想象,那里住着全世界最安静、最善良的邻居……"

"既然这样,那你为什么跟我交换?"

"因为你想换啊,而我喜欢你的房子!"

"那好,咱们什么时候交换?"

"要不这样,我先回去收拾一下,收拾好之后,我把我的东西搬过来,然后我帮你把你的东西搬过去,好不好?"

她将信将疑地看着我,看了好久,手里始终攥着那把长刀。她盯着我的眼睛,我也盯着她的眼睛,我看到一个孩子,一个不幸、无辜、没有任何机会逃离这个垃圾场的孩子,她无法逃离这世上最可怕的垃圾堆,外部世界迫使她留在那里,成为最无助的人。这时候那只老鼠爬上她的膝头,之后从那里爬到她手上,目光越过长刀眨巴着眼睛观察我,看我这里有没有什么值得它叼走的食物,但是什么也没发现,它没发现任何能吃的东西。此刻,我真的很同情这个遭到世界抛弃的不幸女人。

"在我把东西搬过来之前,我们尽可能把这间小屋子布置得更漂亮一些,好不好?"

她高兴地点头,随后我站起身来,用剩下的最后一点气力做最后的努力。对于这个发了霉的小窝棚,我确实做不了太多的事情。我用破木板钉了一张床和一个架子,用堆在门前的废料围出一个小厕所,让她能够在里面解手;然后我用几只塑料盆打来清水,并将肮脏的餐具、碗盘冲洗干净,摆到类似桌子的东西上,再将一大锅水放到一侧墙根下,让她可以在那里洗脸洗手。最后,我扶她躺到床上,找来一些破毯子给她盖上。她惊愕地躺在那里,就像一个不知所措的小孩子,我抓住她的手,抚摸她的脸,并吻了一下她的额头,然后走开了。

出来之后,我憋闷得真想大声吼叫,想扯开嗓子从五脏六腑大声吼叫,我想谴责全世界的痛苦悲凉,同时,我体内燃烧起无助的怒火:我必须面对这样悲惨的人,必须跟他们一起体验每日的绝望,他们都是跟我一样的人，可我无能为力，帮不了他们，顶多只能用这样或那样的办法抚慰他们不幸的心灵，最后我只能用痛苦地落泪替代怒吼。尽管我很清楚，一滴缓解情绪的泪水改变不了任何事情，但我还是要通过泪水让自己与那位不幸的女人融为一体，与那些根本就不想、不愿、不能活在这个世界上的人们相互理解，因为这个世界不接纳他们，排斥他们，他们只能在边缘苟活、做梦、不幸地尝试。想来这个世界并不属于他们，他们的世界是另外一个，在别的地方，在非常遥远的地方，在灵魂里，在天堂上，跟肉体一起在破碎的深处，在我栖身的那个地方。

　　没有人知道上帝要落多少滴眼泪，我才能跨进我的新世界，若跟这个女人相比，我是一个名副其实的幸运儿，因为我有可以交谈的朋友，我能够感受、思考，最重要的是，我始终相信，并保留着希望，假如真的存在希望的话。在那里，在地下，在那间墓室里，墙上的门已经打开过！即便它以后不再打开（因为确实存在这种可能，有可能我的所作所为不配再跨进那个世界），谁知道呢，这不是绝对没有可能，如果真是那样，我也没有办法，只能别无选择地搬到郊区的那间铁皮窝棚去……此刻，那个收藏破烂的女人已经梦到了天使，想来我就像一个真正的天使，她梦到的天使只是没有翅膀，只缺一副白色、巨大、无声扇动的翅膀。

第二十四章

在我的心里,整个世界越是颠倒,我越是对过去和我过去的一无所有感到满足,我的心就会越发激动、越发剧烈地砰砰跳动,越发清晰地理解这种一无所有的意义,从而越发坚定自己要摆脱物质世界的决心。而且,我还要摆脱它那压迫一切的矮小维度,这种"白天在凡界,夜里在冥界"的生存状态使我陷入了一种从未有过的亢奋之中,正是这种亢奋曾多次赋予我超然的力量,会将痛苦转变为快乐,让沉重变得轻松。对于那种感受,我以前一无所知,闻所未闻;正是这种感受,让我逐渐摆脱了对物质世界的需要和依赖,随着物质上的拥有越来越少,最后少到几近没有,只剩下遮体的旧衣服和御寒的破被子,我的身体也逐渐耗尽最后的储备,我也因此变成了一只越来越敏感、矫捷、能迅速感知一切的动物,可以不再需要任何身外之物就能够生存,能从虚无中获取什么,从深渊里发现什么,从旋涡里打捞什么……

我这样想着，脚步变得越来越轻快，头脑也变得更加清晰，能够准确地感知到自己的每个动作，每根神经的细小牵动。行走中，我的体重变得越来越轻，逐渐卸掉了肉体的重量，即使我踏到云彩上，云彩也能够托住我，托向高空。我仿佛坐在雪橇上，在白色的云头滑上滑下，我越是剥掉自己层层的外壳，我的心也变得越发刚毅、博大和坚韧，可以随时随刻承担任何艰巨的任务。

就当我脑子里充满高尚的疯狂，精神的承受力不断激增，就当我轻盈地飘在空中，凌驾于日常的琐事之上，并微笑着俯瞰过去的痛苦时，墓室墙上的门已经打开了！我迅速整理好衣物，猛地站起，就像一位视死如归的战士，迈着坚定的脚步走进隔壁的世界，期待我的新朋老友能像昨晚那样面带微笑地迎接我。然而，墓室里面光线昏暗，我几乎什么东西都看不清，只隐约看到在高大的厅堂中央，有一颗骷髅头顶朝下地摆在那里。

我刚走进去，身后的门就无声地关上了，我站在山一般的寂静里，站在空旷无声的厅堂里等待，这时候，我感觉他们出于什么原因要处罚我，所以让我跟这个骷髅单独待在一起，我把它想象为自己的生活、过去、爱情和所有的闪念，想象为我和我的未来……我不知所措地站在那里，突然，我感到后背遭到了攻击，力量虽然并不是很大，但我还是摔倒了，身体重重地向前栽去。当我从地上爬起来时，扭头看了一眼，但是一个人影也没看到，我茫然无措，继续站着。过了一会儿，有股看不见的力量击中我的脚，我仰面栽倒，恍惚中突然感到上升，朝着我望去的方向，然而一片虚空，我什么都没看到，身体继续向高处飘浮，锤击声也变得越来越密，越来越沉重，仿佛想要驱赶什么，莫非是要赶走我？还是要赶走这些能给与我友情和庇护的亡灵？终于，我再也无法忍受这敲凿声，突然失控地嘶声吼道："你们谁也别想赶我走，现在，即使你们要把我折磨死，我也决不逃避！我会站在这里，一直站在这里，不管你们把我怎么样！"

咚咚的敲凿声越来越响，越来越沉重，越来越密集，这声音已经让我没有力气站起，我躺在地上动弹不得。终于，敲凿声戛然而止，我又一次从地上爬起来，我不知道自己已经艰难地爬起过多少次了，一方面我的心在颤抖，就像一头受伤的野兽；一方面我也愈加坚信，从未有过地坚信，我已经承受住了这一道考验，这无疑是对我的一项考验，无论发生什么事，我都无路可退，无处可逃，我只能站在这里接受和面对。

我站在昏暗的光线里望着这个骷髅，我已经战胜了恐惧并喜欢上了它。突然，我忍不住笑了，放声地大笑,因为不管怎样,这颗头颅看上去都这么友好,我甚至想要亲吻它;我只是大笑,笑声越来越高,直到突然有一副骨架意外地出现在我面前,并且拥抱了我,抱我的力气是那么大,让我感到喘不上气,马上就要窒息;接着又走过来一个人,也是一副骨架,然后是第三个,第四个,络绎不绝,最终来了二十多个,将我团团围住,开始围着我跳舞,后来他们让我跟着一起转圈,起舞,同时将手伸向彼此,我们相互抓住对方的手,只是旋转,一圈接一圈地旋转,仿佛被卷入湍急的漩流。他们大笑起来,我也大笑,我们就这样在疯癫的状态下释放体内的紧张,慢慢地,演变成一场开心的游戏,我们快速旋转,越转越快,我感觉自己也变成了一副轻盈的骨架,我知道我已经不复存在,也许我从来就没有存在过,从来没有成为过"我"。

我喜欢这样,我满足于这样,这就是我,是我自己,我的"本我"。我一边旋转一边看着他们——这些看上去可怕、但很友善的死魂灵……突然间,他们松开了相互牵拉着的手,我顿时飞了出去,飞出很远,随后在地上翻滚了几下,等我重又扭过头看他们时,他们已经在我面前站成了一排。我从地上爬起来,慢慢走向他们,就在距离他们只有几步远时,我停了下来。站在中间的那副骨架走到那颗骷髅前,将它捧起,走到我跟前,把它递给我。我接过骷髅,这才惊愕地发现,骷髅里盛满了某种液体。血!我心里暗想,这肯定是血!同时我心里很清楚,如果我不肯喝下的话,他们便不会接受我;这是结盟之血!于是我慢慢捧起它,端到嘴边,我喝了一口,是葡萄酒!仁慈的上帝啊,我突然生出一丝感恩,这是多么醇香的红葡萄酒!他们看着我喝酒,热情地欢呼,开心地欢笑,并纷纷走到我跟前拥抱我,拍打我的肩膀,然后将骷髅在大家手中传递,每个人都高兴地喝了两口,这时候我感到由衷的快乐,我能够成为这群疯狂骨架中的一份子了!想来我也是一副骨架,现在我真的属于这里了!

就在大家欢笑畅饮剩下的酒时,他们中有一位拤住了我的胳膊,带我走向厅堂的深处,在那里打开了一扇新的门。我们走进去,来到一间巨大的骑士厅,中央有一张巨大的圆桌,上面摆了许多美食和佳酿,正当我惊喜不已、不知所措时,那副骨架把我带到坐在餐桌主位的那位首领跟前,自己则坐到他对面。随后,其他人也都围桌而坐,这时候他们都变成了人形,原来他们刚才是穿着印有白色骨架的黑色长袍,朋友们之所以集体化妆,是为了吓唬并考验我。于是,我笑得更加开心,更感亲密,仿佛跟他们是从小就在一起玩耍的朋友。

回想刚才的场景,我确实吓得够呛,但是让我感到欣慰的是，至少没有尿裤子。现在，我为自己挺了过来而快乐不已，他们并没有吓跑我，我在自己的道路上没有退缩，这条路在地下，通向地心，抵达生活的核心，这是本质的所在。这条路在这里，在我们体内的最深处。所以，我们有必要更深地挖掘，越挖越深，即便这种挖掘很艰难，很痛苦，但都不能放弃，因为你生命的本质就隐藏在那里，最终会像镜子一样让你在自己身上看到它，你最终会看到。那时候，你会挣脱所有的绑缚，卸掉全部的负荷，事实上，你日复一日地痛苦背负巨大的麻袋，根本毫无意义，这时候你会发现，你的生命获得的是整个蓝天。

第二十五章

清晨，醒来之前，我在坟墓里旋转了很长时间。鬼知道谁对我施了什么魔法，我在梦里身不由己地转啊，转啊，像是坐旋转木马或空中飞椅，转得越来越快，越来越紧张，越来越疯狂，以至于飞了起来，离轴心越来越远，飞到了空中。我感觉像在龙卷风的核心，我在那里飞速旋转，像一只陀螺，或像一个愤怒的垂锥，想要在脚下钻一个洞，想看看更深的地方会有些什么，在墓穴的最深处，在深夜隔壁世界的最深处，在看上去无穷无尽的造物体系的最深处、最尽头、最高峰，我只是转啊，转啊，飞速地旋转，直到在坟墓的深处转得头晕目眩；与此同时，我试图用我的雄性气概充当一把冲锋钻，用某种神奇的钻头把地基钻透……但无法钻透。于是我意识到，假如我不能钻透它，我就无法了解墓穴的深处，墓室墙壁上的门今晚就不会打开，我就不能进到我所归属的世界。那么为了缓解我的幽闭综合征，为了帮助自己摆脱无助、静止、被迫的自闭，我只有一条路可走，那就是鼓起勇气，从我的老鼠窝里钻出去，悠然自若地在墓地里散步，在我美丽、宁静的小天堂里，在那里所有人都是我的朋友，在那里我跟每个人都能和睦相处。

我在墓地里一边走一边四下寻找，想要找到什么可以兜售或用来交换的东西，或是对其他穷人来说有用的东西。我在墓碑旁找到一把有裂缝的喷水壶、一把干花、一副破碎的眼镜、一只旧鞋、几个空瓶子、一张泛黄的老照片和情书，我搜集了一些我认为可以贩卖的东西，绕过墓碑林立的土丘，来到几天前我曾把那个有洁癖妇人扔在那里的墓坑前，那天夜里，她不仅想把我从那个通往另一个世界的避难所里赶走，而且想用镰刀杀死我。我钻进墓坑，意外地发现里面空空如也，已不见人影。也许老妇人太勤快了，作为她在尘世里做的最后一件事，把自己也打扫干净了。为了证实我的推测，我捡起一根木棍开始在墓坑深处扒拉，使劲翻刨，始终没有找到她的尸首，但是找到了一些散落的骨头，有腿有手。我翻腾了很久，还找到一颗骷髅头，顶骨上有个大窟窿，天哪，我心里暗想，这人肯定是生前被人砸碎了脑壳，现在只能这样在冥界乞讨。随后，我把骨骸、骷髅收集到一起，抱着它们来到墓地门口，在长椅前的地上铺开一叠旧报纸，然后把我搜集来的东西井井有条地摆在上面：浇水壶，破眼镜，老照片，不成对的鞋，旧报纸，并将那些骨头拼接成一副像模像样的骨架摊在旁边，看上去像在安静地睡觉，或在永恒的深处沉思。之后我开始准备叫卖，为了能挣一点钱；在这个世界上，你要想活着，钱就是必不可缺的东西。我站在那里四下张望，看到第一位行人朝这边走来，赶紧大声吆喝：

"好东西，快来买！机不可失，失不再来！"

那人果真走了过来。这是一位瘦小的女士，看上去像在一个八岁男孩的身体上长了一颗八十八岁老人的头，她用一双巨大的棕色眼睛不解、敏感、好奇地看着我，想象不出我这是在做什么。

"您这是在干吗？"她温和地问。

"卖东西啊！"我微笑着回答。

"卖什么东西？"

"这里有很多有趣的东西！您看，这张漂亮的明信片，是一位男子从瑞士山区寄给他死去的情人的。您看这些山峦，这群奶牛，这片鲜花，是不是很美？如果您想收藏，价格很优惠。"

"我买这个做什么？这样的东西我在垃圾桶里也能找到……"

"这里有副眼镜。您看，您仔细看看，这是丘吉尔曾经用过的。您知道谁是丘吉尔吗？他是英国首相，有一颗世界上最大的头颅！您买回家去，只要用万能胶粘一下就可以戴，或者卖给哪家博物馆，肯定能挣一大笔钱……"

"就这个破烂？一文不值……"

"那您再看这个，插着玫瑰的浇水壶，还有塑料杯！这有什么不好？嗯？难道美就没有价值吗？您知道，它们会让您的厨房变得更有情调，我不会骗您。另外，这里面还有一点水，要知道，这可不是今天刚打的水，而是很久很久以前的……"

"那是什么？"女士岔开我的话题问。

"这个吗？"我拿起一只鞋。

"对，就是这个！"

"这是名人的遗物！"

"谁的？"

"裴多菲的！"

"就这只破鞋？"

"对！"

"另一只呢？"

"在天堂里。您买回去……"

"怎么还有这么多骨头？"

"这是一个完美的人。"

"真的吗？有什么用？"

"拿它当镜子。您可以每天照见自己。"

"我家里有镜子,我肯定不想换成这个……"

"那您家里需要什么?"

"收音机。"

"您看,这要比收音机里的节目更好听。这可是莫扎特的遗骨,他谱写的音乐是世界上最美、最轻快、最有趣、最动听的!您知道吗?"

"是吗?"

"当然!您用这根胫骨轻轻地敲一下另一根。您听,多好听啊!您听到了吗?这是天堂的音乐!在普通的收音机里怎么可能听到这么美的音乐?这相当于一个完美的交响乐团!每个骨头都是一件精美的乐器,有着各自的音色和历史,他们讲述的是一个生命的故事!"

"别把我当成白痴!旁边就是墓地,我也可以挖出一具尸体,然后在它上面弹钢琴,我可不是傻瓜!"

"难道您觉得我是?"

"对,我觉得您是。"

"为什么?"

"因为您想把这些破烂推销给我,可我随便在哪个垃圾桶里都能找到比这些更好的。"

"那好,实话实说,我没有钱,马上就会饿死。请您帮帮我,求您了,好心的夫人!"我抓住她的手恳求说。

她盯着我看了好久,然后看看那些东西,之后重又望着我的脸,挠了挠头皮,取出一块小点心,当着我的面咬了一口,津津有味地咀嚼着,望着我的眼睛,慢慢地笑了。

"我不会买你的任何东西,你这个白痴。"她一边说,一边面带讥讽地继续吃东西,全然不顾我的感受。

最后一根弦绷断了,我冲她吼了起来:

"你这个没心没肺、麻木不仁的畜生!你怎么能这样自私,这么邪恶,毫无同情心?"我苦涩地喊道。

她愣了片刻,随后抡起肥皂似的小拳头,一拳击中了我的肚子。我无力地跌倒,她咯咯笑着扬长而去。

我有气无力地躺了一会儿,然后爬起来,收拾起骨骸和其他的破烂,把它们带回我的墓室,让它们搬到我这里住,至少我可以不那么寂寞,我终于也能有一个伴儿,一位演奏家,我想象中的莫扎特,夜里他会用美妙的音乐对我们周遭的整个世界施展魔法,让我神奇而辉煌的城堡里充满空灵、欢乐的生命,我们将一起沐浴在生活的快乐和优雅之中,离开了这些,我们会真的死去,对我们来说,最重要的是灵魂。

所以,我让莫扎特搬到我的身边,盼望夜幕降临,我们可以在自己的坟墓里闻乐起舞,那会是一支美妙的曲目，一首抒情圆舞曲，我们可以跳名副其实的死亡之舞。我们翩跹起舞，轻盈旋转，如同旋转木马或空中飞椅，我们相互围绕，死神与我，直到我们融为一体，在这个旋转木马上永不分离。我们转啊，转啊，乐声不止，舞步片刻不停，让死亡充满我们生命的意义、人性的善良和从凡尘生活中升华出的本质。

第二十六章

　　我坠入梦的深渊,沉浸在极其黑暗、无可触知的虚无里,我的意识变得如此模糊,离我如此遥远,仿佛它从来就未曾属于过我,我永远不能再拥有它;之后慢慢地,慢慢地,我又极其缓慢地从远方飘回,过了很久,我终于重又找回了自身,饥饿很快又将我折磨得焦躁不安。

　　于是,我从洞穴里爬出,在黑夜里开始盲目地徘徊。在这里,在我如此喜爱的小墓地里,除了这里我哪儿都不想去,顶多会去另一个同样美丽、寂静、朴素的墓地。我走到墓地的围墙下,突然踩到了什么,脚底一滑,险些跌倒。我低下头来仔细看,想弄清楚自己踩到了什么,定睛之后恼火地发现,原来是一只夏季的红苹果,我立刻把它捡起来吃了,然后继续寻找。我很幸运地捡到好多只漂亮、饱满的大苹果,它们是从墓地围墙上方的一株高大茂盛的野苹果树上掉下来的,掉到墓地里。我香甜地吃着,心里充满快乐和宁静,越来越渴望跟我的那些亡灵朋友重新聚首。所以我吃饱了之后，动身返回，在一块打磨得光滑如镜的方尖碑上，我突然瞥见了自己。我仿佛站在一面明镜前，因为那块墓碑实在是太光亮了，我站在那里屏住呼吸，看到镜子里的自己犹如一根擎天柱，我自己就是一块打磨光滑的石头，坚硬、漂亮和完美，如同死亡本身。我已经摆脱了对死亡的恐惧，同时感受到所有一切存在的真实。我从容地掸掉黑衣上的尘土，整理了一下，将皱褶抻平，想来我也是一个能用两条腿走路的"灵魂居所"。回到墓室，看到在一只黑铁箱上燃着几根很粗的蜡烛，墙壁上的门敞开着，那位身材魁梧、头发花白、仪表堂堂的老先生也站在那里，脸上挂着和蔼的笑容，向我礼貌地点了下头，请我进去。

走进去后，我又吃了一惊，因为这地方的空间、形状和外观都已经改变了许多次。曾几何时，它曾是一间最简朴不过的、阴森可怕的墓室，看哪！现在它变得如此高大、空旷，高不可测，不见边际。我跟着银发老者缓步走入，他不时地向左、向右给我指路，这显然是一条特殊的路。通过这次奖励性的旅行，我最终能找到自己的秘密，找到新的一隅。

这里阳光充沛，涤荡人心，光芒从高天泻下，如同洒进一间漂亮的暖房，好像墙壁和砖石的重量都不复存在，轻如空气，只有炫目灿烂、振奋人心的光，它像一座最奇特美丽的无形建筑高耸在我们头顶。现在，我们接连穿过几间高大、宽敞、精美的大厅：第一间是一个拥有无数藏书的大图书馆，在那里有几个文质彬彬的人在写字，阅读；另一间是休息室，里面有人坐在高大的扶手椅上交谈、辩论、谈笑风生；在接下来的一个房间里，有人在绘制巨幅油画；再下一个房间，有人在设计富丽堂皇的宫殿；此外还有浴室、卧室、牌室和茶室。

在庄园一样的建筑群中央，是一座百花竞艳、树木葱茏的美丽花园，丰富的植物和缤纷的色彩令人叹为观止，有生以来，我似乎第一次嗅闻自己的生活和整个世界。这时我才明白：没有时间，时间根本就不存在！因为它从来不曾有过，也永远不会有，因为时间的存在，只是为了让人不断地强化自身的存在，只是为了重新勾勒我们心脏逐渐退色的轮廓，假如我们不这么做，我们就会褪色，这种磨损也可能是致命的。假如我们不能利用好救世主赐予我们的机会和使命，那么这些来自远方、经过多年修炼、了解生命真谛的优秀男人便会来到这里，以他们的优雅、热忱和智慧引领我们寻找自我，最终帮助我们升华到永恒的境界。为了能让世界更美好，让自己更完善，他们会永不停歇地工作。我向前走去，看到在花园的中央有一座用玻璃墙搭成的四方形建筑物，当我走到跟前才震惊地发现，原来这是一座教堂！教堂里空空荡荡，什么也没有，只在正中央有一块石头，一块乌黑的方石，打磨得格外精细，十分规则，超乎我过去的所有经验，阳光照在上边，璀璨闪光。与此同时，在我们周围，人们在花园里往来穿梭，忙着各自手中的活计，也有人在休息、闲谈，有说有笑。

我们继续往前走，进到一幢城堡似的建筑内，穿过一间又一间宽敞的大厅、工作室和休息室，终于来到一个巨大而明亮的地方，在摆成半圆形的长桌两旁坐着许多人，他们正开心地吃喝，大声地交谈，这时，银发的老先生冲我眨了一下眼睛，朝他对面的椅子指了指，招呼我坐到那里。我顺从地坐下，他拿起桌上的酒杯，举杯示意。等到在坐的所有人都安静下来，他开始讲话。他说，他感到非常高兴，看哪！我追随自己内心的声音一路来到这里，并且找到了自己精神的庇护所和永远的工作地，他们作为我灵魂的兄弟一起聚在这里欢迎我，在这里，每个人都只能通过自己的努力才能一步步地找到自我……最后，他用美好的祝愿结束了他的致辞，然后高举酒杯，这时在场的所有人都站了起来。

在一阵小小的混乱之后，我也高高地举起了酒杯，用颤抖的嗓音感谢他们为我所做的一切，让我发现了回家的路。若没有他们，我可能永远都找不到归途，是他们帮助我推倒了面前的毁灭之墙，让我看到了被挡在墙后的真正生活！这时候，大家异口同声地表示祝贺，并且跟我一起快乐地干杯，之后，那位银发老者打了一个手势，请我们尽情地用餐，并说这是我们用自己劳动的喜悦换来的。

我在餐桌上结识了很多有趣的朋友，听到了很多有趣的想法，我跟这么多懂得爱与尊重的善良人一同推杯换盏、开怀畅谈，这一切都让我感觉如此美好，我还从来没有过这样的感觉；然而就在这时我突然想到，过一会儿我又要回到自己潮冷的墓穴，第二天又要继续外出工作，说心里话，那些根本就算不上是工作，因为我做它们，并非为了灵魂的升华，只是迫于现实的生计才硬着头皮去做……

这时我忽然冒出一个念头：我既不想再回到昏暗的墓室，也不想再去外面的世界，永远不想再去，因为在这光明的世界里我体尝到自身存在的全部快乐！就在同时，银发老者或许猜到我的心思，因为他躬身对我讲，假如我喜欢待在这里，我当然可以留下来，即便想永远留下来也可以，想来我已经成为这个集体的一员，只是我在留下来之前，必须先要结束我在外面世界的生活，我必须有目的地利用好剩下的日子，用来改正我在外面世界犯过的错，并让创口愈合，这不仅为了别人，更是为了自己，为了以后我能够怀着彻底的安宁成为这教堂的一部分——这是用无形的坚固石料建成的城堡，在这里，每个朝着良好目标努力的人都会不断前行，成为真正的自己，换句话说，成为这座用智慧、力量和美丽之石筑起的宏伟建筑的一部分。

听了老者的话，我很高兴，也很感激，同时还感到很荣幸，因为我切切实实地体会到了他们的善良和手足之爱。于是，怀着对这个群体和友谊的感恩之心，经过理性的考虑，我明白自己还是要回到外面的世界继续工作，为了给过去的生活划个完美的句号。

我起身告辞，沿着神奇、美妙、宽敞、明亮的暖房过道，穿过一间间茶室、会客室、工作室、图书馆和浴室，最终回到第一间大厅，又看到那扇敞开着的、通向我墓穴的小门。想到自己又要孤身独处，未免还是感到有些沮丧，这时候有一只大手放到我肩头，这是那位长者的手，他只是微笑着说了这么一句："朋友，这扇门永远不会在你面前关上的。"

此刻，我真的感到高兴和安慰，因为我是那么地相信他。我穿过小门，回到住处，感觉这里狭小得像一间婴儿卧室，但它对我来说非常重要，因为我就是从这里跌跌撞撞上路的，朝向光明。

第二十七章

可怕的肉欲捕获了我，忍不住想将那根皮管插进什么东西里，这强烈得要将我四分五裂的情欲，既是我的敌手，也是我亲密、友好的同谋犯。尽管我曾在夜里作出过承诺，我要把自己每天——出于对人类的善意和同情——所做的不幸的历险都一五一十地告诉他们，然而现在，撒旦又在我的体内现身，使我难以平静、焦躁不安，有如一根变得疯狂、眼看就要弹起的巨大弹簧。

躺在那里，我翻来覆去地无法平静，后来我干脆起床，在墓室里发疯地踱步，感觉累了之后重新躺下，但还是睡不着，只好钻出墓穴，在坟墓间散步，希望能让自己平静下来，但却很难做到。我在墓地围墙的墙根撒了泡尿，然后绕着墓地走了一圈，重新回到小窝里躺下，不安地等待，希望能重新归复平静。然而，无论我怎么努力都不可能。最后我烦躁不安地再次出发，决定在地球上最后再为自己做一次善事。

我之所以说"最后一次"，是因为我觉得这类善事不可能无休无止地做下去，因为这是拿自己的人生做游戏，尤其是，我的大脑和心脏早已承受不了这冰火两极的双重紧张：一方面我怀着幸存和快乐的希望，以一无所有者的慈善投入白日的疯狂；另一方面向往在黑夜中隐隐燃烧的心灵之火，它会用许多的善良、冒险体验和令人慰藉的高尚内容填充我的内心。想来我清楚地知道并感觉到，我在这两个世界之间，在这两个自我之间紧张得简直就要炸裂，仿佛被钉在一个被时间的钟摆撞击而左右摇晃的十字架上！不过，我现在想要再试一次，做最后一次冲击，真的是"最后一次"，然后为这一系列冲击划一个句号。我决定用一次辉煌的壮举，用一次完美无憾的强烈体验向这个世界告别。

我这么想着，不知不觉来到墓园门口，走到街上，两条腿不由自主地拖着我向前，我自己也不知道走向哪里，只是向前。穿过一条大马路，走进对面一栋大房子里；在那里，在秀丽的小公园的正中央，过去可能是一座游泳馆或疗养院。这时候，我觉察到自己身体在渴望什么，想去找那些拍电影的家伙，想去那个我曾演过恐怖广告片的地方。

我还没弄清自己到底想做什么，已经下意识地按响了门铃。门开了，我沿着宽阔、堂皇的巨大楼梯往上走，转眼之间，我已经站在了摄影棚内，在那里架着许多盏聚光灯和摄像机，肯定又在拍摄什么虽然愚蠢、但很卖钱的片子。那个头戴棒球帽的导演站在那里，他当然一眼就看到了我，但却假装没注意到，正翻着一个剧本并解释着什么，其他人都频频点头，表示同意。

我朝他走去，离他越近，心里也变得越坚定：这次我一定要扮演主角，扮演一名即将告别红尘、但欲火中烧的失业者。我已经走到导演跟前，但是他根本不理睬我，我一气之下，挥手打掉他手中的剧本，用命令的语气告诉他：

"必须改变计划！今天我是主演！"

他瞅了我一眼，从头到脚地打量我一番，然后这样回答说：

"我真希望再也不会见到你，但是现在看来，我再怎么希望也没有用。你这个倒霉鬼，又来这里想干什么？"

"我想扮演角色，当一回主演！"

"哦，这不可能，今天我们的戏里既不需要流浪汉，也不需要盗墓贼……"

"那需要什么？"

"今天我们拍摄一部罗曼蒂克的片子，顶多需要群众演员。你想在背景里演一个木乃伊吗？"

"我不想隐在背景里，而是要站在聚光灯下！您放心，我肯定会尽自己的所能，不管您要我做什么！"

"但是我们不需要你这个疯子，明不明白？我们的主演已经准备好了，扮演受害者的演员也已经到齐，在这场戏里，你顶多可以扮演一个疯子，比方说，像一个白痴似的在房间里打滚……"

"把主角给我！我只想演主角！"我不依不饶。

"你这家伙太缠人了！那好，让我们商量一下，看看能够做点什么……"导演说，然后朝后台更衣室走去。

我既很担心，又怀着希望。我希望在永远告别这个世界之前尝试某种疯狂，某种前所未有的刺激、勇敢和禁忌。我心里躁动不安，脸烧得通红，我肯定是发烧了，甚至连自己也不清楚到底想干什么。导演很快就回来了，他告诉我说：

"听着，你这个疯子！你之所以还能得到最后一次机会，就是因为你看起来实在太愚蠢，太疯狂了，蠢得不可思议，疯得登峰造极，我还从来没见过你这样的家伙，所以也说不定，正因为这点，你可能让我的新电影成功。好吧，现在你安静下来了，别再吵了，赶紧脱衣服，躺到那张大床上去，等着那些听你摆布的性奴们，你听到没有？如果稍有闪失，我发誓会亲手掐死你！清楚了吗？"

"清楚了！"我边说边开始脱衣服，走到聚光灯下，躺到床上，安静地等待。

这时候，两个魁梧的壮汉走到我跟前，其中一个按住我，另一个用皮带把我的手脚紧紧绑在铁床的四角，让我动惮不得。过了一会儿，两个大汉消失了，我只听到导演的嗓音从远处传来："准备好，开机！"

当我意识到自己猜想错了，但一切已经无可改变。随着一阵从远处飘来的咯咯嘲笑声，一个身材肥胖、衣着吓人的女人出现在我眼前，嘴唇涂得鲜红如血。

"您还记得我吗？"

"不记得了，谢天谢地，我从没有见过您！"我矢口否认。

"噢，很遗憾，您把我忘了，我是您的弟子啊，老师！"

"说什么？我的弟子？什么弟子？"我被她搞懵了。

"你教过我爪哇语，你这个畜生！"这头可怕的大象突然改变了腔调，愤怒地说。我这才突然回想起来，原来是她！天哪，怎么会是她？我为什么要忍受这最恐怖的复仇？我该怎样才能从这里逃走？

无处可逃。这座肉塔向我轰然坍塌，我感到万念俱灰。恐惧，极端的恐惧，无终无止的折磨开始了。她大汗淋漓，口水横流，咳嗽，呻吟，不时趴到我身上，只是抽搐，抽搐，最后得意地狂笑，从我身上滚下来，冲我吐了口吐沫，扬长而去。

"现在把这东西给我解开！付给我钱，让我滚蛋！"我愤怒地叫喊，但是没有人回答。这时候一个孩子一样的瘦小老人出现了，手拎两条大腿骨，我立刻认出，我曾向她兜售过破烂。

"你想骗我，对吧？你这个白痴！"她用嘶哑、尖利的嗓音说，然后开始用一根骨头敲我的脑袋。"现在你的乐器怎么不演奏了？莫扎特，鬼知道它还能演奏什么？你这个混蛋，你倒是唱啊，给我唱啊！"她一边叫嚷，一边劈头盖脸地打我，不放过我身体的任何一个部位，她就像一个邪恶的、从恐怖童话中的地狱里走出来的老巫婆。我无助地忍受她的击打，最后她朝我吐了口吐沫，转身消失。

我没能休息多久，下一个人已经出场。不是别人，正是我曾帮她维修过铁皮屋的垃圾收藏家！她看上去像一个无辜无助的可怜人，脸色苍白，不断微喘，但转眼变成了一个吸血鬼，一头疯狂的野兽。她毫不留情地向我施暴，然后啐了口吐沫，也走了。

"好吧，饶了我吧！"我有气无力地求饶，"我不要工钱了，我什么都不要了，只求你们放我离开！我发誓，再也不会来这里了！"但是没有人回答。我听到随着吱呀的开门声,有一个白痴女人在哼唱。唉哟,千万别是她!别是那个推婴儿车的疯子!这家伙我可真的无法忍受!现在我真要死在这儿了!这时候我看到,那人揪着自己蓬乱的头发向我俯身,我看到她那张扭曲的面孔和她难看的衣裳,嗅到那股奇怪的臭味。

"你你你你看,小宝宝宝贝贝贝贝!"她带着怪异的微笑冲着我叫喊,边说边开始脱衣服。

"噢,天哪,饶了我吧,这家伙我实在受不了!"我苦苦哀求,"上帝啊,快发发慈悲,哪怕是让天塌地陷!"

女人跳舞、歌唱,同时将婴儿车左推右推,脚下磕磕绊绊,嘴里呼哧带喘,之后她猛地扑到我身上,把脸压到我的脸上,并且开始得意地笑着抚摸我。找到目标之后,她翻身上马,唱着歌用力扇我的嘴巴,同时在我的腰上胡乱扭动。

我被她折磨惨了。我知道自己要为过去的一切付出代价。这么多的恐怖和这么多蹂躏,险些让我晕厥过去。这个疯子决定把节目进行到底,想要演完这个角色,而且看得出来,她很享受这个过程,现在她占上风,她是这场恐怖戏的女主角,而我是戏里恶魔中的恶魔,必须千倍万倍地付出代价。她骑在我身上跃马加鞭、大声吆喝,不时用力地摇动婴儿车,之后站了起来，冲我啐了口吐沫，推着小车，哼着小曲离开了。

终于，屋里安静了下来。我不再求饶，因为已经没人听我喊叫，想来就连摄影师和导演也已被这么多的恐怖场景吓死了，所以没有人来床边解救我，没有人帮我，没有人可怜我，我觉得自己就像一个被误钉在十字架上的白痴。

现在，拍摄中最可怕的一场戏开始了。那个没有胳膊没有腿的女人在地板上匍匐着向我爬来，就像一条疯狂蠕动的肉虫子。当她爬到床边后，以惊人的敏捷和速度窜到床上，躺到我旁边。我忍不住哭了，哭得浑身颤抖，同时听天由命地等待，任凭她随便怎么处置我。

"你不想给我舔舔吗？你这个伪君子，假慈悲的护灵骑士！既然我得不到你的怜悯，那我现在就反过来做给你！另外，我要告诉你，我不会收你钱的！因为现在，在这里，我们所有人都能得到一大笔钱，而你什么都得不到，你明白吗？"

我什么也没说，并停止了抽泣，听任她摆布；她开始之后很快加速，我在她的高声喘息中冲到了高潮，而后她靠在我身上休息了一会儿，然后她也朝我啐了口吐沫，敏捷地翻身，从床上滑下，爬出了房间。

又是一阵死寂。我不再寻求救助，因为我清楚我再怎么哀求都是徒劳的。没有人说话，估计摄制组把我丢给了这帮妖怪,想来他们也不忍继续看下去,看我跟这群妖怪从头到尾地完成这可怕的仪式。寂静让我稍微松弛了片刻,我舒了口气,希望这一切已经结束,已达到了巅峰,不可能再有比这更可怕的事了,剧终,散场,所有人都可以回家了。

就在这时,在一阵长长的寂静之后,我听到某种奇怪的窸窣声,仿佛有什么瘸腿的动物在朝这边挪动,离我越来越近,终于爬到床上,盯着我的脸仔细打量。原来是那个乞丐,他看上去跟我一模一样。

"嘿,兄弟。你还好吗?看见你真是太高兴了!"我努力装出一副友好的语调。

"谁他妈的是你兄弟,你这个凶手!"他愤怒地呵斥道,然后用他残疾的手狠狠抽了我一个大耳光。

"肯定是误会!我没对你做过什么坏事呀!"

"没有做过?既然没有做过,那你就没有什么好怕的!现在你将得到你该得到的报应!"他咬牙切齿地说,随后抄起一根木板条朝我的脑袋和身上狠命抽打。

我晕了过去,深深坠入一个可怕的噩梦。我躺在一个墓坑里,那些妖怪围着我站在坑边,不断地向我扔石头,直到把我彻底埋葬。

当我重新苏醒过来,发现自己仍躺在床上,动弹不得。我吃力地抬起头来,看到床上满是鲜血。我环顾四周，房间里空空荡荡，不见人影，听不到响动，没有摄像机，没有灯光，只有空旷的大厅。

冷风从窗口吹进来，我感到现在一切都将彻底结束，在这里，在这个星球上我已经一无所有。我很冷，感觉糟糕透顶。我又休息了一会儿，而后十分吃力地坐起来，我吃惊地发现，已经有人把绑住我手脚的绳子解开了。我踉跄着，痛苦不堪地进到浴室，冲了个澡，尽量把身上的血污冲洗掉，我在冷水下冲淋脑袋，稍微清醒了一点，恢复了些气力，然后穿上被扔在床下的衣服，攒足最后一点气力从这栋恐怖屋里走出来，向前走啊，走啊，回到自己的墓穴。

现在，这里真将成为我最终的安息地，我希望自己能够永远摆脱掉那些妖怪，那些阴影；也许，现在我终于能从刚才的恐怖中挣脱出来，忘掉那些在我生命最后阶段扮演过可怕角色的人，摆脱他们，哪怕让他们升天，让他们从高处呵呵嗤笑着俯视我。

第二十八章

我一动不动地躺在墓穴里,过了好久好久,过了许多的白天和夜晚,恍如隔世。我就这么躺着,躺着,如同一具已经完全没有热气了的尸体,然而我的灵魂还清醒着,能够注意到周围的一切,甚至,是那样地清晰,犹如睁开了一只巨大的眼睛。与此同时,在我的身上,看上去又好像什么都没有发生过,我的内心仍感到不安并隐隐地躁动,我始终感到一种奇怪的、从未体验过的感觉,正是这种感觉揭示了我生命的崎岖小路,它涉及我肉体的欲望和灵魂的考验,我期望自己能通过这次缓刑走完这条漫长的野径,让我能借助于其他的方式摆脱难以化解的罪孽感。就这样,我一动不动地躺在坟墓里,就像一具冻僵了的尸体,我的灵魂继续拼搏,继续较量,为了能够凌驾于所有的旋涡之上。

经过缓慢的,非常缓慢并持续的努力,我终于获得了一些成功,因而逐渐感到稍许的轻松和释怀,越来越多的幸福感注入胸怀,让我感到越来越由衷、越来越轻松的愉悦。是的，我还活着，我可以永远存在，人只有在死亡之后才能真正地存在。我感觉并看到，现在我是阳光，一束唯一的阳光，我别无所求，只想返回到我出发的地方：回到太阳，回到永恒的光明；回到星辰，回到我们每个人都携带于体内的、可能创造一切的可怕力量之中——就当我们作为他的孩子过着自己悲惨生活的同时，他作为宇宙万物的起点，用智慧、力量与美将我们武装起来，让我们能够在自己体内战胜黑暗，要知道正是这黑暗将我们变成了动物和不幸者，使我们万念俱灰并变得扭曲；这是他赐予我们的礼物，也是唯一的机会，让我们能够投入他的怀抱，与他紧密相依、紧密相贴，让我们自己变成他的一部分，让我们尽可能地掌握他的自然属性，让我们的脸与他的脸靠得越来越近，并让我们自己流回到他博大的灵魂中；这是他给与的，也只有他才能给与的机会和道路，但是假如我们不利用好这个机会，假如我们不付出自己的一切努力去发掘自己体内的光，假如我们不护卫这内源的光并将它高高擎起、举过头顶，那么我们就会失掉它，就会陷入更悲惨的境地，我们以后才会知道自己枉活了一世，或者说，我们未能成为一束通过重返太阳而获得永恒与不朽并能照亮一切的光。

这时候，我恍然意识到，随着这种感觉在内心的充实,我变得轻盈,轻如空气,轻如以太,轻如一个作为阳光奏响的天籁之声,现在,这声音想从它隐蔽的地方冲出来,想要挣脱黑暗并照亮他所归属的空间,同时照亮阳光之国分给他的那块针鼻大的面积和整个宇宙的所有角落,从而感觉并知道自己并不孤单,任何的努力都不是徒劳的,回家之路的尽头在等着我们,目标就是他的出发地,正因为有那个地方,才会有(有过,有,并且将会有)这样的过程——从没有时间的时间,到所有时间的终结;因为在那里,所有的时间都会成番成倍地增长,从犄角旮旯里被释放出来并变得永恒;在那里,在无边无际的宇宙中,所有的光都自由、勇敢、永恒地熠熠生辉,当这种巨大的喜悦彻底支配了我的灵魂并赐予我力量时,我的身体终于能够挪动了,我慢慢地、摇摇晃晃地坐起来,然后吃力地站起,从洞穴里爬出,开始缓慢地行走。这时候,我稍稍地环顾了一下墓地,惊愕地发现,气候已经入冬,晶莹、寒冷的白雪覆盖了所有的坟冢和整座墓地。我迈开脚步,开始在一排排墓碑间行走,看到一座座坟前盛开着无数美丽的红玫瑰,恍如置身于夏季最美丽的花圃里。我沿着一条小路往前走,欣赏两旁的玫瑰,这些恣意绽放的血红色花朵,对我来说有疗伤之美;这些一次性开放、不可能重生、富于牺牲精神的奇妙生命,犹如上帝的火花,神圣殉难者的血滴，自我奉献的最美微笑……我走啊，走啊，一直往前走，自己都不知道要去哪儿，这时我察觉到自己流泪了，当我擦拭自己脸上的泪时，有什么东西刺痛了我的手，这时我才惊愕地发现：在我的脸上、身上和每处伤口里，在时间留痕于我的每个地方，全都开出了鲜艳的玫瑰；在那条我在某种莫名力量的驱动下走着的路上，开满了血红的玫瑰花。我径直向前走着，走着，意外地看到，这些盛开的红玫瑰在白色的雪地上组成了一个十字架图案，等我在墓地里走了一圈之后，最后来到位于"玫瑰十字架"正中央的小教堂前。教堂被无数巨大的红玫瑰花环覆盖着。我走了进去，没有看到墙壁，只看到四周簇拥的红玫瑰，它们不仅支撑着这座看不见的建筑，而且让解放的阳光穿透它们的花瓣投射进来，我终于可以沐浴其中，在激动的喜悦中撒欢。

我终于知道，我不需要再害怕，因为没有理由害怕，想来我已经不会再有痛苦，我永远不会再死一回。我站在这里，沐浴在始终呵护我并让我升华的恩泽之中，这无限的爱充满了我所能想象出的一切，解释了我所能感受到并可能接受的一切，但更重要的是，解释了无限本身。因此，我决心寻找这个人，想知道他是谁，谁是这个让我充满感恩的光源。我走到玫瑰花前，开始用手抚摸它们，央求它们告诉我那人的名字，告诉我刻在它们身后墙上的字,我想跟他说话,向他打招呼,呼唤他的名字,感谢他为我所做的一切……但是没有,我没有找到他的名字,因为他的名字就是万事万物,超越一切的慈善之名,普照一切的无限之名。这个名字我们无从知晓、无法捕获,但我们可以更多地感受到,只要我们的内心足够强大,就能够确知他的存在,因为他是秘密,是充满生机的秘密,是仁慈,是力量,一旦扯下他隐身其中的道袍,我们就无法再在那里,在他唯一可能存在的地方找到他——在我们的体内,想来他存在于我们的体内!因此,路只有一条,我们只能在自己身上寻找他。我们一旦找到,就永远不会失去,永远不会,我们最终会与他融为一体。

第二十九章

我不知道自己是怎么回到墓穴里的，不知道自己什么时候躺回自己灵柩做的小床上，但有一点可以肯定，我在那里度过了一段漫长的光阴，因为我醒来的时候，又到了夏季，天气闷热，我听到外面传来鸟儿欢快的喊喳声。这时我第一次感觉到，虽然我是这么喜爱这间墓室，喜欢这个世界上最狭小、最可爱、最温馨、尺寸最适合我、气氛最宁静的家，甚至可以这么讲，我对它的喜爱或许超过了世界上的任何一个地方，但是现在，我还是想要离开这里。

我决定离开这里，并不是因为我不知足，也不是因为我不再像从前那么喜欢它了，想来在这个只属于我的小世界里，重要的东西应有尽有，但是现在我已经知道，我必须发掘自己的潜能。现在时候已到，我必须去感受更多的、更丰富的"家"的感觉，不能只蜗居在一个小小的墓穴，即便十个百个也不能满足，我应该享受整个宇宙！

是的，我想把"家"搬到那里。我意识到，我只有清算了这里由自己亲手经营的一切，只有破坏掉自己在自身和他人身上建立的秩序，之后我才能动身去实现自己更大的计划；想来，已经历的生活永远无法抹去，但未来的生活还能变得更好，因而我面临一次真正的巨大挑战，我要把这个美丽的小墓室交还给它的女主人，让她最终能在这里平静地安息。要知道，这种平静对于亡灵来说必不可少，他们只有这样才能修炼自己（至少对于那些为了获得自己更好、更完美、更永恒的生命而渴望继续前行的死魂灵来讲）。于是我起床穿好衣服，出发去找那个渴望早日住进这里的老妇人，我想把她带回来，帮她实现自己生命中最后一个目标，让她最终能如愿以偿地跟丈夫团聚。然而，我无法实现这个愿望，因为我不知道她在哪里，我曾把她丢进一个坍塌了的墓穴里，但她已经从那里消失了。

我想了一下，朝老妇人家走去。她的手像蛇皮一样光滑冰冷，好像不是这个世界上的人。我很快来到她家门口，立刻闻到那股熟悉的霉味。敲门之后，我深吸了口气，我知道自己正面临一场严峻的考验，一旦失败，一旦没有成功，那么我将无法摆脱这世界的绑缚。我站在地下室门口，在心里措辞：对不起，夫人，其实我很理解并同情您，我知道您一心想结束现在没有意义的生活,所以……

就在这时,门开了,她憔悴、愁苦地站在我面前,面无表情,由于脸上的皱纹太多太密,五官已经塌陷,仿佛她的头骨就是一个黑洞,皮肤毫无弹性地耷拉在上边,色如白蜡,像死人的皮肤。我感觉此刻见到的就是一个死人,她变成了一块已经不能再死一回了的、长了两条腿的可怕墓碑。她一看到我,气得一句话都说不出来,只是无助地盯着我,差一点晕倒,之后突然转身消失,再出现时攥着一把手枪,并将枪口指向我。

"现在我终于可以报仇了,你这个畜生!让我送你下地狱吧!"她一边尖叫一边愤怒地挥舞手枪,然后开了一枪,砰地一声,接着又开了几枪。

"对不起,我是来向您道歉的!"我平静地说。

"你给我滚,滚回你妈的肚子里去!你这个掘坟者、盗尸狂、卑鄙的杀人犯!"她痛苦地叫嚷,又补了一枪。

我不知道她是否击中了我,反正我什么都不在乎了,即便马上死掉也无所谓。

"请让我进屋,我不会耽误您太多时间……"我试图平心静气地扑灭她的怒火,并且抬脚走进屋里。

这时候她已经忍无可忍,怒火冲天,因为枪声也没有吓住我,我不但没逃,而且想闯进她那霉味冲天的帝国。她睁大了眼睛,白痴般地张大嘴巴,然后手舞足蹈地开始威胁，音调越来越高，情绪越来越紧张，像疯了一般地诅咒我，激动得浑身发抖，最后终于晕倒在地，手枪从手里飞了出去。

我走进屋里，把她从地上抱起来，放在沙发床上，然后走进厨房，端着一杯冷水，拿着一个凳子回来。我坐到沙发床边，托着她的脖颈抬起她的头，一口一口地给她喂水，然后等着她慢慢地睁开眼睛，并开口说话。

"你怎么……这么不要脸……卑鄙的畜生……居然敢……进屋？"

"我之所以一直没有从您的坟墓里搬走，是因为作为一个寻找死神、与死神搏斗、渴望超越死亡的灵魂，我只能在那里走完我自己的生命之旅。请求您谅解，作为交换，无论您要求我做什么，我都会去做。"

"我若让你去上吊……？"

"嗯，如果您希望我那么做……"

"要么，你就跟我做爱！先做爱……后上吊……你敢不敢？"

"您看，在那里，在您的坟墓里，我学会了超越死亡，获得永生；另外，我们每个人都是上帝之光的火花，我们一旦能够超越凡尘，一旦从徒劳无用的、由我们的本能编织的牢笼里挣脱出来，就可以变成纯洁的光，就能最终卸下使我们日常生活变得疲惫、痛苦的所有负荷，条件是我们要在自己的体内找到神、找到光、找到火花，让我们的灵魂变成永远阳光灿烂的夏天。"

"你……这个死鬼……彻底疯了吗？"

"您说我疯了？也有可能，但我疯不疯又有什么关系？更重要的是，我如何能够找到获取秘密和本质的钥匙，所谓的本质不是别的，正是纯洁，是对所有殉难者的爱。在这漫长旅程的终点我恍然顿悟，我爱您，所以，不管您现在是什么样子，无论多么苍老，多么憔悴，多么孤单，多么痛苦，多么悲惨，多么不幸，多么粗暴，无论您的洁癖有多么严重……"

"那好，既然这样，废话少说，那咱们就开始吧，完事之后你要么去上吊，要么就滚蛋，永远别再让我看到你，明不明白？"她一边冲我叫喊，一边用疯狂的眼神盯着我。

"我明白……"我垂头丧气地、带着理解的平静应道。这时她半信半疑地瞅着我，然后吃力地站起来，摇摇晃晃地走出房间，我听到她在远处的一个衣柜里翻腾了好长时间，之后穿着一身拖地的婚纱走过来，背上还扛着一对天使的翅膀。

"只有你娶我当新娘，我才可能原谅你，因为只有那样，你才能成为墓地的合法主人，才能洗刷掉我身上的耻辱，你这头蠢猪！"她激动地叫喊。

我不知所措地看着她,觉得她的话有道理,我同情地看她穿着这身不可思议的行头站在那里,慢慢地掀起裙角,露出衰老、赤裸的身体。

"怎么了?现在后悔了吗?是你自己说的,只要我原谅你,你什么都会答应!现在怎么又退缩了?"

"好吧,我承诺,我会让您如愿以偿,只要您想,我可以娶您。来,现在让我们先喝一口喜酒,一起抽一支烟……"我回答说。

她走进厨房,然后拿着一盒香烟和一个打火机回来,就当她一边试着点烟一边从床边走过时,脚下绊了一下,突然摔倒在地,穿在身上的婚纱立即燃起了火苗。

"这该死的凳子!为什么不好好地留在厨房,你这个白痴!害得我不仅要灭火,还得打扫这些黑灰。你这是故意找我的麻烦,对吧?你这头蠢猪,害得我现在又要把这该死的房间粉刷一遍!天哪,我的上帝,简直让我再也不能忍受!"她咬牙切齿地骂道,这时婚纱还在继续燃烧,她惊惶失措地躺在那里,睁大眼睛,愤怒地大声叫喊,火势继续蔓延,烧着了地毯,烧到床上,很快整个房间都被火焰吞没,她继续叫喊,哭泣,后来在一声撕心裂肺的叫喊之后,突然安静了下来。

我终于缓过神来,迅速脱掉外套,盖在妇人着火的身上，然后弯腰将她抱起，在火焰中冲出一条路，逃出了地下室。但是，当我从她身上取下夹克时，发现她已变成了一小团黑黢黢、黏糊糊的残骸。

我惊愕地看着这张变成炭黑色的不幸的脸，感到既悲凉，又觉得侥幸，命运以这样戏剧性的方式替我处理了这桩可怕的婚姻，让我逃过一劫，同时也让她终于变成了她想成为的样子。于是我抱着她回到墓地。

很快我们来到她的坟墓，通过后面的洞口，我把她抱进她最后的安息地。正准备把她平放在墓室里时，我惊愕地发现：那里摆着两副敞着棺盖的木棺，旁边燃着三根粗大的蜡烛。

我知道，这些东西肯定是那位银发老者准备好的。我抬起尸体，把它放进较小的那副棺材里，整理了一下残留的衣服，盖上棺盖，随后，我躺进另一副棺材里，舒舒服服地躺好之后，拉上棺盖，静静地等待。我不知道将会发生什么，或许所有的一切现在终于结束了，我慢慢地睡去，睡得很熟、很香。

第三十章

半梦半醒中,我听到沙沙的脚步声,随后有人搬动我的棺材,我在里面前后滑动了几下,之后感觉像是有人把棺材扛到了肩膀上,颠簸了几下,变得平稳,开始向前移动。这些家伙肯定是盗墓者,我暗自猜测,或许他们偷错了棺材,现在正把我运到什么地方,为了盗取棺材里陪葬的首饰或死者的金牙,也说不定他们只是想偷走这副棺材再转卖给别人,想来这副棺材很新,也挺结实,质量确实不错。总之,我不知道外面发生了什么,将要发生什么?绑架?解救?还是流放?说心里话,我感到害怕,相当害怕。他们寂静无声地扛着棺材走了好长时间,好像比永远还要长,后来到了什么地方,速度放慢,开始爬楼梯,因为我的身体又开始倾下,向后滑动,我能够判断出棺材移动的方向是朝上的,接着他们又围着什么转了几圈,最后在一片死寂中把棺材放下,我紧张地等着,等着,心脏提到了嗓子眼……

终于，棺盖被打开。昏暗中，我看到那位身材魁梧的银发老先生站在我跟前，表情格外严肃，仿佛看到了世界上最可怕的事情，也许是他搞错了，也许他以为会看到别的什么，而他从来还没有弄错过什么……我心里暗想，仍一动不动地躺着说不出话，惊愕显然大过了惊喜。随后，我看到围绕着我的其他绅士，他们也都穿着一袭黑色礼服，像来参加世界上最隆重、最重要、最后一次的告别或葬礼，这时候银发长者向我伸出一只手，并且紧紧握住了我的手，然后用一个果断有力、但格外小心的动作帮我从棺材里坐起来。

我坐了一会儿，随后在老者的搀扶下站了起来，然后抬脚跨出来，当脚掌落地的刹那，我感到一股从未体验过的庄严和神圣感。我惊愕地发现：我们置身于一座温馨的小教堂内，现在人们为了哀悼我的死亡，将所有的墙壁都罩上了黑布，我终于来到这里了！或许这一刻等得已经太久，而来得太过突然，我忽然意外地对死亡产生了恐惧。刹那间，我意识到自己迄今为止一直与之较量、一直渴望战胜、一直苦涩地与之玩笑的一切，现在终于结束了！我的尘世之旅告一段落，已经没有归途，不再有苦痛也就不再有希望，不再有能够与我交锋的对手，也不再有让我兴奋或失落的欲望，因为从现在开始，我面对的只有纯粹的终极死亡。

亡灵们默默地站在我周围，神色庄重地注视着我的眼睛。然而此刻，我真想掉头逃走，回到地下，回到墓室或比墓室还深的地方，回到那一系列愚蠢冒险的任何一个事发现场，回到垃圾场、拍摄场、敬老院或垃圾堆，回到随便哪个乞讨、找工作的地方，回到墓地大门外的长椅上……但是我已经回不去了，我知道：游戏已经结束。这时，我出于害怕而浑身颤抖，那些黑衣的绅士们微笑着安慰我、拥抱我，因为他们知道我现在真的已经跟他们在一起了，因为我不仅已经死了，而且终于重生。

忽然从某个方向，从很远很远的某个地方，有一束微弱的光线开始透过小教堂的某扇高窗漫进来，投在我们身上。随着时间的推移，亮度逐渐增强，光束也变得越来越多、越来越密，小教堂内越来越明亮，这变得耀眼的光芒逐渐唤醒了我内心的认知，现在终于有什么好事开始了！随着熔金般绚烂的阳光不断地涌入，我的灵魂慢慢被希望和快乐所充满，我感觉到永恒之光的能量悄悄注入了我的灵魂、血脉和我的头颅，我所有的疑问都迎刃而解，自己找到了答案。这火，是永恒燃烧的真理，我感觉到我的父亲们就在这里，我感觉到我的母亲们也在这里，许多的折磨和痛苦之所以存在，就是为了引导我走向唯一、真正的光，为了让我能够找到这永恒的真理与力量。我恍然大悟，原来不幸与邪恶的存在也是有意义的，就是为了让我们去战胜它们，只有这样，我们才能找到通向光明的路。

光变得越来越强、越来越烈，现在已像倾盆暴雨般透过高窗泻入，如大河的巨浪，这时候在场的这些死人，已经根本不再是死人，而是成了永生的圣徒。他们围着我，手与手相握，后来我也站到了他们中间，握住他们的手并成为这链条的一部分。我们仰望天空，等待这巨大光河的漩流将我们卷走，卷到天上。阳光逐渐充满这座刚才还漆黑一片的美丽教堂。看哪！现在小教堂沐浴在灿烂辉煌的光芒里，而我们也是它的光束，并且在上升。阳光将我高高地托起，放到他的肩膀上，带领我们这些曾一生彷徨、曾无数次努力尝试想要升华的人一起上路。人们日复一日地为生存奔波，带着难以摆脱的罪孽百般谋生，但最终并没能让自己获得升华，因此，他们最终义无反顾地下了这样的决心：为了他们唯一的信念，为了美好的愿望，他们宁愿牺牲生命而变成阳光，在光芒中扑向上帝的怀抱，永远回归到他身上，融入他的身体、思想与生命，以其智慧、力量与美丽的名义建造灵魂的圣殿。

第三十一章

我来到这里之后,终于明白了一切,所有的痛苦和欲望都结束了!因为现在我终于能够活得像我一直渴望的那样。在这里,身体的欲望已彻底消除,只剩下精神的欲望,想来身体的欲望、身体之爱、身体的感觉事实上并不存在,只有爱情,爱情是灵魂的永恒与万能之主。现在,我们终于在这里——在天上——成为了完整的自我;在这里,我们现在也为了彼此的快乐而努力工作,雕刻一块石头,这块石头表面看上去只是一个巨大的立方体,而里面则有一只巨眼朝外眺望,就像一副倍数超大的望远镜,我可以透过它看到那些我颇为思念的老朋友,因为,我觉得他们未能得到跟我一样的机会,所以我觉得该对他们有所愧疚,我希望机会也可以惠顾他们,将他们引上同一条道路。有朝一日,他们也会随着巨大的光芒升天。现在,我决定举办一次盛大的庆典向他们致敬。这场规模宏大、真正快乐的庆典,最终能唤起他们内心最美好、最高尚的情感和宽厚、纯洁的真正的爱。

我在墓地中央的小教堂前摆了一张大桌子，上面铺了素洁的白桌布，摆满了最美味的食物和饮料，我邀请自己在历险和谋生过程中遇到的所有人物来参加活动。很快，所有人都高高兴兴地排着队来了：电影摄制组，乞丐，敬老院的老人们，渴望爪哇新郎的壮硕女人，我给她预测了许多好事的女孩，厕所经营商，推婴儿车的疯子，没有胳膊没有腿的女人，铁皮窝棚的主人，看我地摊商品的那位孩子外形的妇人，还有好多其他人……在这个阳光灿烂的美丽夏日，所有人都庄重、热烈地围坐在漂亮的长桌旁，为此我感到非常高兴，虽然我不能在身体和灵魂上跟他们在一起，但是我在场，我非常希望他们也能找到各自时来运转的道路，希望他们很快也能像我们一样沐浴在阳光里。

客人们落座之后，经过稍许的窘迫和寂静，头戴棒球帽的导演率先站起身来发言。他说，他很高兴能够来到他的这么多的演员中间，感谢他们真诚的热情和有史以来无可比拟的悲催和白痴的造型，使他赢得了恐怖情色电影界最高级别的大奖！让他感到遗憾的则是，我作为这部电影的主角却未能跟他们一起出席颁奖仪式，因为我实在太白痴了，他以前从来没见过，之后也不可能遇到……大家听了哄堂大笑。

导演致辞后坐下来，紧接着那位厕所老板站起来发言。他说我现在没跟他们一起工作是一件好事，因为我实在太恶毒了，恶毒得就像撒旦本尊，因为我毁掉了他千载难逢的好生意，因此，他一看到我就想拧断我的脖子，要知道，别人都发自内心地喜欢使用他管理的厕所，生怕会断送他的生意。

之后发言的是我的那位爪哇语学生，终于能有人多少回忆起我的一点爱，因为她至少提到，跟我在厨房里一起学习的记忆很美好。尽管她承认，非常遗憾的是，她只能把我当做小孩子来喜欢，因为我对性爱一窍不通，她也很想扭断我的脖子，因为我欺骗了她，想来我根本就不会爪哇语。

随后那位瘦小干瘪、坐轮椅的老太婆代表敬老院的全体人员致辞，她把我说得一无是处，说我无情地利用了他们可悲的处境，我身上穿的这件浅蓝色西服就是从他们那里拿走的，导致有位老人下葬时没有像样的衣服，而我干的那一点点工作，连一碗菜汤都不值。

没胳膊没腿的女人则公开吐槽，说我的嘴脸是她这辈子见过的最丑陋的，因为我极其卑鄙地利用了她的无助。就在他们争先恐后地控诉我时，推婴儿车的胖女人围着长餐桌一圈圈地打转，同时撕心裂肺地大喊："布布布比比比比，你你你在哪里布布布比比比比？我我我杀了布布布比比比……"这时候，乞丐也开始声讨，没错，假如有一天我再让他掐住我的脖子，他肯定会把我掐死的，但是我会慢慢地享受，仿佛生命中的第一次……

这时，戴棒球帽的导演打断了乞丐，因为他想集中精力享用美食，他们这样大吵大嚷使他完全没有了食欲。他说我是个好人，有牺牲精神，我在没有报酬的情况下还为他们拍了那么多场戏，他提醒乞丐也赶紧用餐，因为这可能是他今生今世的最后一顿……乞丐听了恼羞成怒，爬到导演跟前，抡起胳膊抽了对方一个大嘴巴。这时候其他人也开始相互争吵，争论我到底应该快死，还是值得慢亡？假如我复活过来，他们中哪个将第一个惩罚我？他们为此吵得不亦乐乎，因为他们每个人都想在这个长长的名单上争夺第一，互不相让。他们每个人都想揍我，砍我，掐死我，吊死我，把我撕成碎片，剁成肉酱。吵到最后，那个壮硕的女人给了厕所老板一记响亮的耳光，说第一次折磨我的权利应该属于她！然而厕所老板敏捷地躲过了胖女人的第二记耳光，女人突然失去重心摔到桌子底下，当她爬起来后，开始围着桌子追打看厕所的男人，而那个长了一张孩子面孔的女人则把自己的椅子推到他脚下前后滑动，因为她想赶在他之前杀掉我，想要夺取处死我的特权。厕所老板被椅子绊倒，栽倒在地，我看到那个没胳膊没腿的女人扭动身体抄起一只大碗，狠狠砸中他的脑袋，愤怒的乞丐用力撑起身子，抓起桌上的一盘盘美味，劈头盖脸扔到其他客人身上。

戴棒球帽的导演并没卷入这场斗殴，而是不失时机地讨好他漂亮的女同事，但是一只没长眼睛的盘子砸在他头上，让他怒不可遏，突然把整张桌子掀翻，好几位客人应声倒地，瞬间爆发了混乱的群殴。我请来的尊贵客人们出于无法遏制的愤怒而打成一团，揉搡撕扯，拳打脚踢，碗盘横飞，都还没来得及品尝盛宴，就突然变成了凶悍的斗士。他们顺手抄起自卫或攻击的武器，有人情急之中抓起餐刀或餐叉刺向彼此，接着是切肉刀、大汤勺和啤酒瓶，最终让告别的酒宴变成你死我活的杀场，哭的哭，嚎的嚎，滚的滚，爬的爬，所有人都使出最后的气力殊死厮杀，皮开肉绽的勇士们躺满了小教堂前美丽的小草坪，在短短的几个小时里，这里已然血流成河，被割断、砍烂到无法辨认的躯体跟扔了一地的美食美酒混在一起，惨不忍睹。

站在鲜血横流的战场中央，我感到绝望之极。幻想破灭，我痛苦不堪，忍不住哭了，眼里的泪水止不住涌流。我只是哭啊，哭啊，哭得无休无止，仿佛整座墓地都跟我一起哭泣，在那个阳光灿烂的美丽夏日里，哭得泪飞如雨，倾盆泻下，想要冲刷掉所看到的可怕场景，冲刷掉在那里发生的所有悲剧和耻辱。泪水流啊，流啊，汇成滔滔洪水，很快淹没了整座墓地，越来越大，越来越汹涌，一具具尸首漂在水面，被卷进漩涡，在大雨倾盆的墓地里漂来荡去，试图寻找他们最后的安息之地。洪水将他们冲到小教堂周围的墓地小路上或坟墓之间，幸运的话，会把他们送进某座坟墓，早已备好的棺材等待着，等待这些新来的居民；而我，只是不停地哭泣，期望他们中的某一个能够幸存，能够找到自己的路，就像我一样。我期望洪水最终会把他们带到天堂，能让他们在重生时幡然醒悟，对于在我们体内燃烧的光焰而言，我们只是它的一面亲密而扭曲的镜子，只要我们走完这条修炼之路，我们就会变成永不会因肉体被消灭而丧生的灵魂，因为灵魂只有一个，不是别的，正是那为自己疗伤的光本身。光，是唯一的，能够抚摸、爱恋和播散；光，是永恒存在的，我们燃烧其中；这光，是充满一切的神圣与正义的光本身。

第三十二章

我在一个很普通的旅馆客房里醒来,那里的一切都是金色的:大双人床上的床罩,墙上的壁纸,浴室里的瓷砖,窗户和房门,冰箱,地毯……那里一切的一切,尽管没有品味,但并不令人反感,因为我享受这种简朴的舒适感,对装饰元素不感兴趣。

我在舒适的大床上伸了一个懒腰,然后下床从冰箱里取出一罐啤酒,咕咚咕咚地一口气喝下,之后又取出一罐,也一饮而尽,然后走出客房环视了一圈。楼道也都是金色的,这家旅馆内的所有地方也都如此,每个角落都金光灿灿,后来我才知道,因为这是"太阳旅馆",底层还有一家风格朴素、颇有情调的酒吧在等着我。

我走到酒保跟前,跟他要了一瓶啤酒。很快,我从一个相貌古怪、不很友好的家伙手中接过酒瓶,然后环视了一圈,目光落到一个离我较远、相对来说有些魅力的金发女人身上。

我走到她跟前,问她想喝什么,但她并没有把脸转向我，于是我又向酒保要了一瓶啤酒，走回到她跟前，把酒瓶和杯子放到她眼前并坐了下来。

"你来这里多久了？"我问。

经过一阵长长的沉默，对方格外吃力地小声回答："我不知道。感觉很久，接近永恒。"

"我是新来的。能不能告我，在这个地方能做些什么？"我又问。

"你想做什么就做什么。我们拥有一切，但也正因如此，会感到很无聊……"

"可你看上去并不无聊……"我没话找话。

"但你肯定会……"

"为什么？我能讲很多故事……"我说。

"什么故事？"

"关于死亡的。"我回答说，随后又问，"你是怎么来这里的？"

"车祸。"

"棺材还是骨灰盒？"

"骨灰盒。"

"这很好。你不想上楼到我客房里坐坐吗？我想告诉你我的故事，你肯定爱听……"我礼貌地向女人发出邀请。

"你疯了吗？你觉得我会随便跟哪个白痴一起去他

房间吗?"

"相信我,我不是坏人,只是觉得有必要让你了解一下死亡……"

"你的死亡很特别吗?"

"是的,很有趣……"

"你是怎么死的?"

"我是被错埋到这里的。"

"错埋?此话怎讲?"

"当时,出于偶然,我搬进了一间墓室里住,并且喜欢上了那个地方,我的新生活在那里开始,并出乎意料地结识了许多新朋友……"

"你指什么朋友?在哪个墓室里?"

"嗯,确切地讲,是在……你真没从别的死人嘴里听过那些黑衣人的故事吗?那好,请跟我来,咱们一起上楼去,我讲给你听……"

我们来到楼上的客房,坐到那张舒适的大床上,喝了一杯葡萄酒,我把我的故事讲给她听。起初,她对我讲的话一句都不相信,认为我的脑筋有问题,甚至忍不住放声大笑。过了一会儿,她开始对我讲的离奇故事产生了兴趣。我滔滔不绝地讲述那段险象环生的历险,我怎样一次次陷入不堪的境地,告诉她我遇到的那些古怪的女人和优雅的绅士。她笑得越来越厉害,笑声越来越响，笑得那么自然，那么情不自禁，整座旅馆都被震得发出嗡嗡共鸣。

  我讲完了故事，陷入了沉默，并深情地注视她的眼睛，慢慢地凑近她，吻了她。我从未没见过这样美丽的女性，我心里暗想。出乎我意料的是，对于我突如其来的举动，她不但没有拒绝，而且作出了回应。

  由于写到小说的结尾，不适合事无巨细地描述我俩之后所做的事情，即便有读者很想听，我也要点到即止，别偏离小说主题。总之，我俩都被卷入了销魂的激流，感到无尽的欲望、诱惑和永不满足的渴求与欢乐。

第三十三章

　　从那之后,我们的分分秒秒都是绚烂的烟花,我们连房间门都不出。

　　我终于找到了我想要寻找的东西。

　　但是,假若有一天我感到厌倦,我还会回到墓地。

"蓝色东欧"译丛（部分书目）

第 一 辑

- 《石头城纪事》（小说）
  【阿尔巴尼亚】伊斯梅尔·卡达莱 著　李玉民 译

- 《错宴》（小说）
  【阿尔巴尼亚】伊斯梅尔·卡达莱 著　余中先 译

- 《谁带回了杜伦迪娜》（小说）
  【阿尔巴尼亚】伊斯梅尔·卡达莱 著　邹琰 译

- 《石头世界》（小说）
  【波兰】塔杜施·博罗夫斯基 著　杨德友 译

- 《权力之图的绘制者》（小说）
  【罗马尼亚】加布里埃尔·基富 著　林亭、周关超 译

- 《罗马尼亚当代抒情诗选》（诗歌）
  【罗马尼亚】卢齐安·布拉加等 著　高兴 译

第 二 辑

- **《我的疯狂世纪（第一部）》**（传记）
  【捷克】伊凡·克里玛 著　刘宏 译

- **《我的疯狂世纪（第二部）》**（传记）
  【捷克】伊凡·克里玛 著　袁观 译

- **《我的金饭碗》**（小说）
  【捷克】伊凡·克里玛 著　刘星灿 译

- **《一日情人》**（小说）
  【捷克】伊凡·克里玛 著　高兴、杜常婧 译

- **《终极亲密》**（小说）
  【捷克】伊凡·克里玛 著　徐伟珠 译

- **《等待黑暗，等待光明》**（小说）
  【捷克】伊凡·克里玛 著　杜常婧 译

- **《没有圣人，没有天使》**（小说）
  【捷克】伊凡·克里玛 著　朱力安 译

- **《花园里的野蛮人》**（散文）
  【波兰】兹比格涅夫·赫贝特 著　张振辉 译

- **《带马嚼子的静物画》**（散文）
  【波兰】兹比格涅夫·赫贝特 著　易丽君 译

- **《海上迷宫》**（散文）
  【波兰】兹比格涅夫·赫贝特 著　赵刚 译

- **《父辈书》**（小说）
  【匈牙利】瓦莫什·米克罗什 著　许健 译

第 三 辑

- 《乌尔罗地》（散文）
  【波兰】切斯瓦夫·米沃什 著　韩新忠、闫文驰 译

- 《路边狗》（散文）
  【波兰】切斯瓦夫·米沃什 著　赵玮婷 译

- 《第二空间——米沃什诗选》（诗歌）
  【波兰】切斯瓦夫·米沃什 著　周伟驰 译

- 《无止境——扎加耶夫斯基诗选》（诗歌）
  【波兰】亚当·扎加耶夫斯基 著　李以亮 译

- 《捍卫热情》（散文）
  【波兰】亚当·扎加耶夫斯基 著　李以亮 译

- 《索拉里斯星》（小说）
  【波兰】斯塔尼斯瓦夫·莱姆 著　赵刚 译

- 《遗忘的梦境——查特·盖佐短篇小说精选》（小说）
  【匈牙利】查特·盖佐 著　舒荪乐 译

- 《流星——卡雷尔·恰佩克哲理小说三部曲》（小说）
  【捷克】卡雷尔·恰佩克 著　舒荪乐、蒋文惠、程淑娟 译

- 《神殿的基石——布拉加箴言录》（箴言）
  【罗马尼亚】卢齐安·布拉加 著　陆象淦 译

- 《十亿个流浪汉，或者虚无——托马斯·萨拉蒙诗选》（诗歌）
  【斯洛文尼亚】托马斯·萨拉蒙 著　高兴 译

第四辑

- 《耻辱龛》（小说）
  【阿尔巴尼亚】伊斯梅尔·卡达莱 著　　吴天楚 译

- 《三孔桥》（小说）
  【阿尔巴尼亚】伊斯梅尔·卡达莱 著　　施雪莹 译

- 《接班人》（小说）
  【阿尔巴尼亚】伊斯梅尔·卡达莱 著　　李玉民 译

- 《绝对恐惧：致杜卞卡》（小说）
  【捷克】博胡米尔·赫拉巴尔 著　　李晖 译

- 《严密监视的列车》（小说）
  【捷克】博胡米尔·赫拉巴尔 著　　徐伟珠 译

- 《雪绒花的庆典》（小说）
  【捷克】博胡米尔·赫拉巴尔 著　　徐伟珠 译

- 《温柔的野蛮人》（小说）
  【捷克】博胡米尔·赫拉巴尔 著　　彭小航 译

- 《无常的夏天》（小说）
  【捷克】弗拉迪斯拉夫·万楚拉 著　　张陟 译

- 《赫贝特诗集（上、下）》（诗歌）
  【波兰】兹比格涅夫·赫贝特 著　　赵刚 译

- 《垃圾日》（小说）
  【匈牙利】马利亚什·贝拉 著　　余泽民 译

第五辑

- 《壁画》（小说）
  【匈牙利】萨博·玛格达 著　　舒荪乐 译

- 《鹿》（小说）
  【匈牙利】萨博·玛格达 著　　余泽民 译

- 《两座城市：论流亡、历史和想象力》（散文）
  【波兰】亚当·扎加耶夫斯基 著　　李以亮 译

- 《另一种美》（散文）
  【波兰】亚当·扎加耶夫斯基 著　　李以亮 译

- 《思想的黄昏》（随笔）
  【罗马尼亚】埃米尔·齐奥朗 著　　陆象淦 译

- 《着魔的指南》（随笔）
  【罗马尼亚】埃米尔·齐奥朗 著　　陆象淦 译

- 《乌村幻影》（小说）
  【罗马尼亚】欧金·乌力卡罗 著　　陆象淦 译

- 《裸浴场上的交响音乐会——罗马尼亚20世纪小说精选》（小说）
  【罗马尼亚】诺曼·马内阿等 著　　高兴等 译

- 《我行走在你身体的荒漠——立陶宛新生代诗选》（诗歌）
  【立陶宛】阿纳斯·艾利索思卡斯等 著　　叶丽贤 译

- 《魔鬼作坊》（小说）
  【捷克】雅辛·托波尔 著　　李晖 译

第六辑

- **《简短，但完整的故事》**（小说）
  【波兰】斯瓦沃米尔·姆罗热克 著　茅银辉、方晨 译

- **《三个较长的故事》**（小说）
  【波兰】斯瓦沃米尔·姆罗热克 著　茅银辉、林歆、张慧玲 译

- **《挑衅》**（小说）
  【阿尔巴尼亚】伊斯梅尔·卡达莱 著　李焰明 译

- **《娃娃》**（小说）
  【阿尔巴尼亚】伊斯梅尔·卡达莱 著　张雯琴、宋学智 译

- **《天堂超市》**（小说）
  【匈牙利】马利亚什·贝拉 著　余泽民 译

- **《秘密生活》**（小说）
  【匈牙利】马利亚什·贝拉 著　余泽民 译

- **《蓝色阁楼寻梦》**（小说）
  【罗马尼亚】阿德里亚娜·毕特尔 著　陆象淦 译

- **《两天的世界（上、下）》**（小说）
  【罗马尼亚】乔治·伯勒伊泽 著　董希骁、Mara Arion 译

- **《生命边缘的女孩》**（小说）
  【罗马尼亚】米尔恰·格尔特雷斯库 著
  张志鹏、林慧芬、陈进、李昕 译

- **《希特勒金钱》**（小说）
  【捷克】拉德卡·德内玛尔科娃 著　姜蔚茜 译

· 部分书名为暂定，以出版时为准 ·

第七辑

- 《致爱丽丝》（小说）
  【匈牙利】萨博·玛格达 著　舒荪乐 译

- 《对欢乐史的贡献》（小说）
  【捷克】拉德卡·德内玛尔科娃 著　覃方杏 译

- 《患病的动物》（小说）
  【罗马尼亚】尼古拉·布列班 著　陆象淦 译

- 《去往巴巴达格》（游记）
  【波兰】安杰伊·斯塔修克 著　龚泠兮 译

- 《伊莎贝拉的中国情人》（小说）
  【斯洛伐克】爱莲娜·西德维格优娃 著　荣铁牛 译

- 《木屋旅馆》（小说）
  【阿尔巴尼亚】迪安娜·楚里 著　陈逢华 译

- 《迟来的莫扎特》（小说）
  【阿尔巴尼亚】巴什金·谢胡 著　李玉民 译

- 《弗拉迪米尔·霍朗诗歌精选集》（诗歌）
  【捷克】弗拉迪米尔·霍朗 著　徐伟珠 译

- 《瓦斯科·波帕诗选》（诗歌）
  【塞尔维亚】瓦斯科·波帕 著　彭裕超 译

- 《恰佩克散文精选集》（散文）
  【捷克】卡雷尔·恰佩克 著　徐伟珠 编译